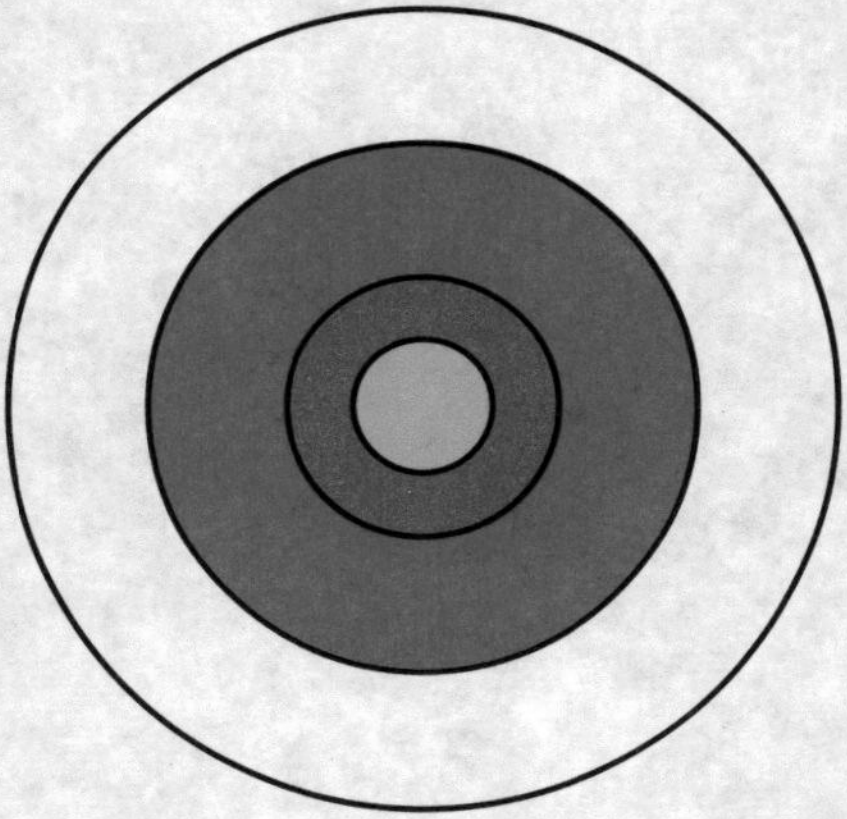

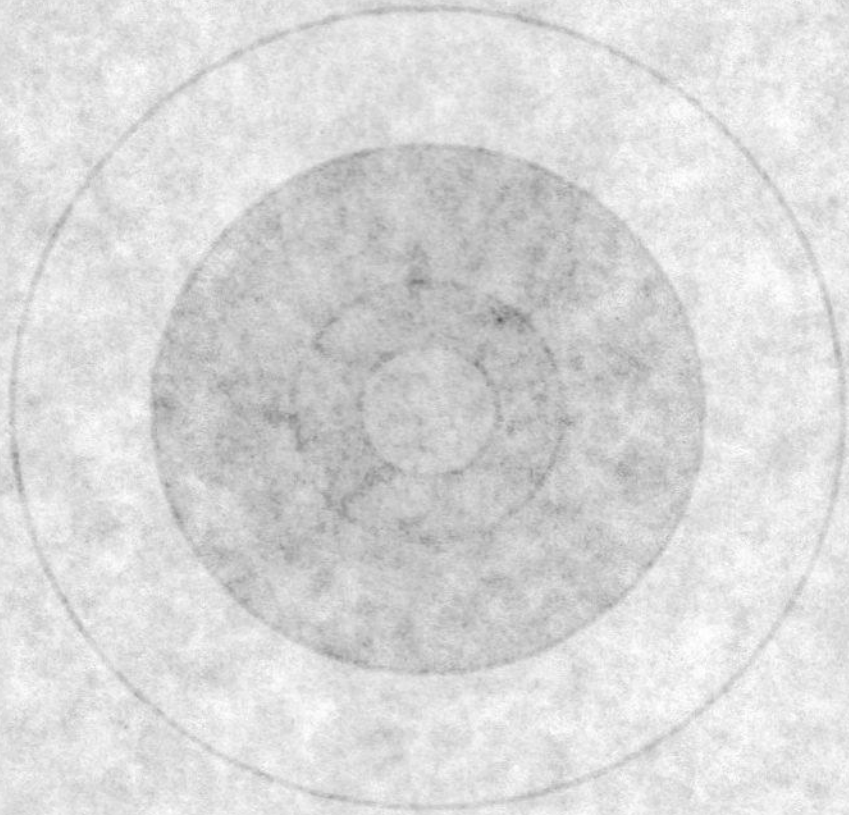

泣いてちゃごはんに遅れるよ

寿木けい

幻冬舎

なんという幸せ
自分がどんな世界に生きているか
はっきり知らないでいられるのは

ヴィスワヴァ・シンボルスカ

目次

かまどの神様　自己紹介に代えて

ちょいワルおやじ雑誌の表紙に〈艶男《アデオス》〉と〈艶女《アデージョ》〉が肌を寄せ合って並んでいた頃、私のあだ名はダンドリータだった。

漢字では段取女。お尻の言葉はセニョリータからきている。こそばゆいが、編集者時代によく仕事をしていたライターが、段取りが上手なひとという意味で付けてくれた。

段取っていたのは、几帳面だからではなく、仕事を早く終えて遊びに行きたかったから。見取り図が頭のなかで出来上がると、半分終わった気になってしまって、よく編集部からどろんしていた。

これが職場の仕事ではなく、家の仕事となると、段取りよりもっと細部を照らす呼び名がいい。小さな工夫をこらしてなんとか帳尻を合わせる〈やりくり〉と呼ぶほうが、しっくりくる。

かれこれ二十年来、「□」と「レ」のメモを習慣にしてきた。

□トイレットペーパー

☑みょうが収穫

□名札縫う
□確定申告（☑領収書月ごとに！）
手帳に、チラシの裏に、ポストイットに。思いついたら書き出して、実行に移したら真四角にレと筆をおろす。新雪に足跡をつけるような快さ。一歩前進、しかし山頂はまだまだ。

この習慣に加わったのが、Ｂ４サイズのホワイトボードだ。裏がマグネットになったものを買ってきて冷蔵庫の目線の位置に貼り、せっせと書くようになって三年になる。ボードの横には、同じくマグネット型のペン。ペンのお尻には専用の消しゴムが付いている。

こんなことにも水を差すひとはいて、冷蔵庫の扉にものを貼るのは風水的にはタブーだと、遊びにきた友人が教えてくれた。なんでも、食べ物は人間の根源であり、その寝床である冷蔵庫にぺたぺたと封をすることは、よい気の流れを妨げてしまう、というような話だった。

分からなくはない。しかし間違いなくホワイトボードを中心にして、この家は保たれている。手放すわけにはいかない。大切なのは気よりも、私の精神の風通しだ。

ホワイトボードを買ったのは、夫とのちょっとした行き違いがきっかけだった。

こっちはこんなに頑張っているのに、そちらは――。こういうことは、どの家庭でも職場でも、大なり小なりあるだろう。夫婦の間のことは心情に絡むものが多いと思われがちだが、不協和音の引き金となるのは、ありふれた物だ。

たとえば、サランラップを使い切ったときはもちろん、切れそうになっていることに気が付いたひとが、新しい物を買えばいいし、すぐに買えないなら、メモしておいたらいい。五センチだけ残して、「最終回は自分ではありません」。知らんぷりという名の横着が、次に使う相手を小さく苛立たせる。小さな苛立ちも、積もれば魔物になる。

こんなこともあった。切れていた洗剤を買いに行ったひとが帰ってくる。

「ただいま、買ってきたよ」

テーブルにどん、で終わりではない。詰め替え容器に移しかえて袋をくるくると丸め、分別して捨てるまでが、洗剤にまつわる仕事だ。

サランラップをトイレットペーパーに、洗剤を塩や味噌に置き換えても、話は同じ。物の処し方が、家の風通しの良し悪しを左右する。

そう気が付いた私は、ＴＯ ＤＯの見える化を進めることに決めた。それまで自分用に書いていたメモを、夫にも見える場所に開示することにしたのだ。家族が毎日必ず立つ場所ときたら、台所、しかも、冷蔵庫の扉がいい。

自分が忘れたくないことは、相手にも忘れてほしくないこと。誰かひとりの記憶と実践をあてにしてはいけない。この家には二人の大人と二人の子どもがいて、やりくりの停滞をなくすのは大人の責任なのだから。

いまでは、冷凍便の到着日時から、子どもの水泳帽に縫い付けなくてはならないワッペンまで、些末な、しかしいい加減では済まされない事柄が記されている。出かける前に写メを撮っておき、帰宅後にいくつかはレを付けられ、それをもうひとりが確認し、消されていく。ふたりして会社帰りに茄子をたんまり買ってきたこともあった。三河みりんの瓶が二本並んだこともある。買ってこなかったと相手を恨めしく思うより、こういうことは笑いになるから、いい。

おもしろいのは、子どもだ。教えたことなどないのに、使い方を知り抜いている。

□ニンテンドウスイッチ

サンタさんもボードを見るかと聞かれ、「たまぁに」と答えたら、しばらく考えてこう書いた。いつかサンタがレを付ける日を待っている。

この冷蔵庫の隣で、私は一日のはじまりと終わりを過ごす。

今日だけですよという顔をして毎日シンクで歯を磨く。カクテルのシェーカーを振って、切花の水揚げもする。コーヒーを淹れて、口座残高を見ながらポッドキャストを聴く。仕事用のデスクがあるのに、まな板をどかして原稿を書く。家のなかで一番開かれた場所が、胸の奥に潜るための場所にもなる。

ひとには言えない思いを抱えているとき、眉一本動かさずに、腹の奥でぷくぷくと気持ちを発酵させることを覚えたのも、この場所だ。愚痴を言ってしまえば負け。それなら、愚痴など言えない場所まで登って、自分のやり方が正しかったことを証明するしかない。こんなことを考えるのはきまって、台所で手を動かしているときだ。

まとまらない考えも、俎上にのせている。鍋の中が仕上がるにつれ、ああ、こういうことかもしれないと、納得できる道筋に近づく。食べ終わって鍋を洗う頃には、腹が決まっている……とまではなかなか行かないけれど、数時間前とは違った手応えを得ている。

その姿を見ているのは、荒神さんのお札のみ。冷蔵庫の上から台所の主を見おろしている。口ではなく手を動かし、台所の安全を保って精進しなさいと叱られているような気がする。

あるとき新聞の隅に、アートディレクターの小池一子が石岡瑛子について回想した小さなコラムを見つけた。当時話題だった展覧会『血が、汗が、涙がデザインできるか』（東京都現代美術館）の特集記事ではなく、小ぶりな包みをほどいたようなエピソードが紹介されていた。

〈台所に火のお守りを欠かさずに貼っていたひとでした〉

書かれていたのは、これだけ。意外だったとも、らしいとも、添えられていない。小池にとってはそれが、故人の大切な思い出なのだろう。

一切の形式めいたものを排してきたと思っていた石岡瑛子という女性が、日本人の胸の深いところにある、一番古い習わしを手放さないでいたことに驚き、惹かれた次の瞬間、

そうか、火の用心――

石岡が火について語っていたことを思い出し、あっと声が出た。

著述家・松岡正剛との対談集『色っぽい人々』に、こんなエピソードが登場する。

小学生のときに、火の用心のポスターを描いて賞をもらった石岡は、五年生になり「道場破りをしたくなって」、両親に頼みこんで中学生ばかりの絵画教室へ入れてもらう。

後ろの席で小さくなっていた石岡に、先生は庭からなんでも好きなものを描きなさいと声をかけた。このとき色鉛筆とクレヨンで描いたのが、フレームいっぱいの花キャベツ。

それはジョージア・オキーフだと合いの手をいれた松岡に、

「そうなの、だから、のちにオキーフの絵を見ても驚かなかったわ」

石岡はこう答えている。

この絵が上級生たちを差し置いて大いに褒められ、やっぱり私は天才だわと、スキップして帰ったという。一九九三年に映画『ドラキュラ』で、アカデミー衣装デザイン賞を受けてしばらく経ってからの対談であり、語ることすべてが凱旋だった。

自信家で、闘うイメージとともにあるひとだ。赤を勝負の色だと表現した彼女に、火はよく似合う。しかしキッチンのお守りのエピソードに触れて以来、その印象は、立ちのぼる火柱から、火を正しく畏怖して地に足をつけたひとりの女性の姿へと変わった。火への恐れだけではなく、諸行無常に身を置くことの切実さを、誰よりも知っているひとだったと思うのだ。

名前の付けられない慌ただしさに焦れるとき、毎日火を点すこの小さなかまどが、偉大なアーティストのそれと地続きであるような気がしてくる。ふと、励まされる。

私はＳＮＳの料理アカウントがきっかけとなり、本を出版して料理家を名乗るようになった。故郷の富山で育った舌と、グルメ誌の編集者時代に培った経験、そこに、おいしいものへの好奇心が重なって、今日がある。散文を目にかけてくれるひとが現れ、こうして文章も書いている。

台所で調べものをすることに熱中していた子ども時代のことは、拙著『わたしのごちそう３６５　レシピとよぶほどのものでもない』（河出書房新社）に書いた。

小学生の頃は、卵の殻を割らずに中身を取り出す実験をしたり、ステンレスをはじめとする金属板と腐食の関係を調べてみたり、台所でちまちましたことをして時間を過ごした。それを絵やグラフを使って記録することまで含めて、好きだった。大人になり、編集者として誌面を作り、かたや二〇一〇年から趣味ではじめたＳＮＳの記録を、出会いに恵まれて、職業にまで磨いたということになる。

いまでは編集者、ライター、カメラマン、たくさんのスタッフが私の台所にやってくる。当然、ホワイトボードが彼らの視界に入る。

「こういうの、おもしろいですね」

たいていは、こう言って堂々とのぞき込むひとと、遠慮して見ないようにするひとに分かれる。
見られて恥ずかしいのは、ひとつ。隅っこに書き付けてある文章の構図だ。鍋を洗ったりしている時やなんかに閃いて、急いでゴム手袋をはずして殴り書きしたもので、このエッセイなら、

台所／石岡のお守り／X

こんな風に、Xは起承転結の転だったり結だったり。まだ思いつかないからXにしておく。ここになにを持ってくるか、冷蔵庫の前を通るたびに宿題を突きつけられる。私にしか解読できない暗号のはずだが、スタッフには博識なひとが多いから、もしかしたら、なにか読み取っているかもしれない。知らんぷりを決め込んで調理を進めながらも、持ち駒がばれやしないか、内心ヒヤっとしている。

キーワードが三つ浮かんだら、もうそのエッセイは書けている。これは、私なりの執筆の段取り。

どんな仕事にだって、そのひとならではのやりくりや段取りがある。これまでさまざまなかたの仕事場にお邪魔しては、写真を撮ったり、インタビューをして書かせてもらう仕事をしてきた。

ある伝統工芸に関わる仕事をしていたときのこと。ぜひ職人さんを取材させてほしいと申し出たが、職人たちを束ねる経営者に、やめてやってくださいと頭を下げられた。

「はじめましてのひとと話したり、そういうの、得意な者たちではないんです」

物腰は柔らかかったが、拒絶の意思は強かった。好奇の目で踏み荒らす女から、大切な職人を守っていたのだと、今は分かる。

原稿やレシピができるまでの過程を見せてくださいと言われたら、私なら断る。文章を書くということは、他人（一番近い他人である家族も含め）の人生を記憶に焼き付けておいて、都合よく切り取ったり、拝借して材料にするということだ。

書くということは、因果な商売である。つくづくそう思う。

この本には、私が出会ったひとや見たものの、さまざまなかけらを集めた。工夫や茶目っ気、はにかみ、やりくり。移り変わりのなかでどうしても見逃したくないと思ったそれらの、小さな景色を書き留めている。

食いしん坊の心得

ひとは料理家に聞きたいことがあるらしい。

料理の撮影中に私の手元をのぞきこんで、おいしそうですねとひとしきり盛り上がったあと、

「ところで、ひとりのときは、なにを食べているんですか？」

こう聞かれることが続いた。

質問者がひとり暮らしのときもあったし、家族と住んではいるものの、在宅勤務で自宅にいることが増え、ひとりの昼食になにを食べたらいいかネタが尽きてしまったというパターンもあった。

いずれにしても、私には

「ほんとはなにを食べてるんですか？」

と聞かれているように思えて、構えてしまう。

〈本当〉という表現は、ここでは、〈撮影用〉と対をなす。料理家だって人間なんだから、三度々々こんなに手のこんだものを食べているはずがないという率直な疑問を、そのまま口

にしたら失礼になるかもしれない。だから、「ひとりのときは」という設定に変えて、「で、本当のところは？」を聞く、というのが私の推測。

メディアでは、料理家のひとりごはんまでもが特集を組まれて手垢がついてしまった昨今なのだから、人々が知りたい〈本当〉は、どこまで掘っても正体を突き止めることは難しい。

知らざぁ言ってというほどのこともないが、今日の昼食はこういうものを食べた。

まずどんぶりに豆乳お玉三杯と絹豆腐半丁を入れ、レンジで熱々にチンする。そこに浅葱、ロースハムの端っこ、ツナ缶、干海老、黒酢をカレースプーンに各二杯投入。最後に醤油をふた回し。スプーンで混ぜれば、酸とタンパク質が反応して凝固し、温かいおぼろ豆腐のようになる。台湾の朝ごはんの定番「鹹豆漿《シエントウジヤン》」を真似たもので、これに、朝食の残りの玄米ふた口を、冷たいまま海苔で巻いたものを添えた。

添えたと書いたのは見栄で、要は右手にスプーン、左手に海苔巻をつかんで、五分でかきこんだ。とろとろになった豆乳に干海老のだしがきいて、黒酢のうまみが舌にのる。午前中に筋トレをしたから、タンパク質のスープをとろうと決めていた。とはいっても、仕事中に満腹になるのは好きじゃない。腹八分で、胃は温かい。ちょうどいい具合に空腹を埋め、こうして原稿を書いている。

洗い物がどんぶりとスプーンだけだったのも良かった。浅葱は朝の味噌汁用に刻んであった残りだし、ロースハムは手でちぎったから、まな板も包丁も使っていない。鹹豆漿を持ち出したのはずるい気がするが、屋台の朝食をヒントにしてひとりの昼食を考えるというのは、いいアイディアだと思う。

と、ここまで書いてきてもやっぱり、質問者の期待に応えられているかどうか自信はない。ああ、スズキさんもひとりのときはこんなに映えないものを食べているのね……とは、思えないのではないか。

ひとりのために用意された食事に、惚れ惚れしたことがある。

映画『マザーウォーター』で、もたいまさこが演じたマコトは、ひとり暮らしの台所で空豆と独活《うど》をかき揚げにして、蛤《はまぐり》を酒蒸しにする。かき揚げは、ざるに置いた敷紙のうえへ。熱がこもらなくていいわと思い、以来私も真似している。もう一品は、たけのこと生麩の白和えだ。

テーブルにすべてのおかずを並べ、箸はきちんと箸置きに。手には栓抜き。昔ながらの、Y字の金属のやつ。冷えた瓶ビールをしゅぽんと抜いて、小さなコップに注ぐ。まずぐいっと天井を仰いでから、ひと呼吸おいて、かき揚げに塩をぱっぱと振る。紅っ気のない引き締まった口角が数ミリ上がり、静かな咀嚼《そしやく》がいつまでも続く。前掛け姿のまんまで、ちんまりと。

『かもめ食堂』から『めがね』『プール』、そして『マザーウォーター』へと続く一連の映画には、フードスタイリストの飯島奈美が関わっている。記憶に残る食事の風景を作らせたら、右に出るものはいない。

そのうえで私が打たれたのは、マコトの動きの美しさだった。そりゃあ演じるプロなんだから、どんな所作もこなせるのかもしれない。けれど、同時進行で何品もの料理を作り上げ、その様子をロングショットで撮られて絵になるひとは、多くはないと思う。

料理シーンといえばまな板のうえで包丁をトントンやって、その音から、実際にはろくすっぽ切ってもいないことが分かってしまう演出とは、一線を画していた。台所の火と水と刃物の音のうえを、春の風がさらさらと吹き抜けていく清潔なシーンだった。

俳優として生きるひとたちの「本当」はさまざまだ。

ある女性の俳優は、炊事洗濯、なにからなにまで全部自分でこなすという。そうしないと、いざ役柄で演じるときに嘘になってしまうから、と。そんなことまでしなくていいですよと言いたくなるようなこと——撮影中の弁当箱のごみを、全員分まとめて袋に入れて口を縛ったり——も率先して引き受ける姿に驚いた。

いっぽう、別の俳優は包丁すら握ったことがないという。生活感が表れてしまうのは嫌だから、と。夢の存在でありたい、とも。

先のもたいまさこが、普段自炊をするかしないかなんて、どちらでもいいこと。物語の中にマコトが生きていて、そして、プロフェッショナルが力を出し合ってマコトを描こうと決め、打ち合わせを重ねたであろうこと。それが、うれしいと思う。

料理をする人物をどんな位置に立たせるか。それは、「人生、こうあれかし」という、作品の方向を決定づける象徴だと思う。できるなら、明るいほうを向いていてほしい。

家庭では料理をする人物がリーダーだと、私はいろんなところで書いてきたが、この一か月、夫と料理担当を交代した。こんなに長く台所を離れたのは、結婚してから初めてのことだった。

「もっと料理がうまく、手早く作れるようになりたい」

という夫のたっての希望でもあった。残念ながら、急に料理が上達できる方法はない。毎日繰り返すことで、料理筋は鍛えられていく。勘所が磨かれていく。

予想はしていたものの、はじめのうちは口を挟みたくなることばかりだった。

メインのおかずと汁物の両方に、厚揚げが入っていたこともある。いちどにたくさん作りすぎて、同じおかずが何日も続き、子どもが文句を言った。作るひとがリーダーだから、文句があるなら早く自分で作れるようになりなさいと、常々言い聞かせているにもかかわらず。それから、ただでさえ時間のない朝に、火の通りにくい食材を味噌汁の具に選んでしまったがために、なかなか料理が出てこないことにハラハラもした。

そのどれもこれもが、料理が得意でないひとがどこで躓《つまず》くのか、そしてどこにストレスや難しさを感じるのかのヒントに溢れていた。それを毎日メモした。記録したら、有意義な仕事をした気分になって、夫への小言も引っ込んだ。

任せると決めたからには、文句は言わない。アドバイスは、求められたときだけ。こうして夫が作ったものを食べ続けた一か月――。

いま、夫がうらやましい。好きな食材を手に入れて、頭を働かせ、鍋を振る姿がまぶしい。

先だって、前日の二十度から十度も気温が下がった、肌寒い日があった。

今夜は鍋がいいなあ、具は豚肉とほうれん草で、最後はうどんを入れて――なんて考えていたそのとき、偶然にも、夫が発表したのは同じメニューだった。

「今日、ちょっと肌寒いから、鍋なんかいいんじゃないかと」

食べるひとと、作るひとのシンクロ。夫が気分や感覚に忠実にメニューを決めたことが、私はとてもうれしかった。なぜなら、取材などでなにを作ったらいいですか？　と質問されるたびに、

「まず、食べたいものを体に聞いてみてください」

と答えてきたから。レシピ本ありきで献立を考えるのではなく。

昆布だしと鶏ガラスープで味付けされた夫の豚鍋は、繊維に沿って薄切りにした玉ねぎが柔らかく煮てあり、それは私には考えつかない工夫で、すごくおいしかった。

作家の内田百閒《ひゃっけん》は、食べることへの情熱（執着とも）に容赦ないひとだった。

昼前に訪ねてきた編集者が気を利かせて、

「先生、このあと、これこれの店で一杯」

などとお膳立てしようものなら、あからさまにむっとしたという。

長い夜の静かな晩酌をたのしみに、昼はりんごとビスケット、もしくはざる蕎麦を一枚。これが百閒のスタイルだった。お腹をすかせておく贅沢を、貫いていた。

たまに私がチートデイと称し、家でゴロゴロしながら好物のじゃがりこを食べていると、ママのくいしんぼう！　と子どもがはやし立てる。

そのたびに私は、百閒の心がけを持ち出して、本当の食いしん坊とはどういう人物のことを言うのか、まだ小学校にもあがっていない子ども相手に一席ぶつ。

こう書いていて、分かってきた。自分で思い通りに料理をすることも、このうえなくたのしいが、食べない選択の喜びもあるのだ。

考えてみれば、撮影用の試作やなんやで、二時間で十品を作っては食べてということを、何日も続けたりする。食べなくてもいい条件が揃ったとき――たとえば、仕事で夜九時を回ってしまい、家族のなかで自分だけ何も食べていないときなんか、

（ラッキー、このまま寝てしまえる）

こう思ったことが何度かある。

翌朝目覚めたときの、空腹の心地よさ。小さな断食を破り、味噌汁が胃に染み入ったとき

の、温かく満たされた気持ち。

「ところで、ひとりのときは、なにを食べているんですか？」

今度こう聞かれたら、

「ここぞとばかり、なにも食べないんです」

と答える。

なんだ、つまらないと思われるだろう。がっかりさせるかもしれない。そのときは、百閒先生を引き合いに出し、食いしん坊の心得について一席ぶつ。どうか、初めて聞くふりをしていただけたら。

ゴム手袋に告ぐ

ワイングラスなんか揃えているから割ってしまう。

先日も、グラスを洗おうと伸ばした指先が、お腹の丸い部分にうっかり触れてグラスを倒してしまい、これで私は最後の一脚をだめにしてしまった。床に落ちて砕けるまでをストップモーションで見届けながら、

「もう、絶対買わない！」

ひとり、悔しくて叫んだ。

すべてゴム手袋のせいなのだ。

〈ひとの手は脳の出張所と呼ばれる〉

女優でエッセイストの高峰秀子は、家事を語る際にこの書き出しを好んだ。

その手にゴムをはめて洗い物をするということは、脳みそに薄皮一枚、いや二枚、嘘をついて働くことになる。目的物までの距離を見誤るのも当然で、グラスまであと十センチと見当をつけて伸ばした指は、本人（私はSサイズの手袋でも大きい）の指より何センチか長くなっていて、まだ大丈夫と思ったときにはすでに遅し。うっかりグラスを直撃してしまうの

だ。今まですべて同じシチュエーションでグラスを割ってきた。

だったら素手で洗えばいいだけの話だが、グラスはお湯できっちり洗い上げたい。お湯では肌が荒れてしまうから、ゴム手袋をしないわけにはいかないのだ。

家の仕事をするというのは、どうしてこうも不自由でかっこ悪いのだろう。人工的な色をして、舐めたら絶対に変な味がするゴム手袋を、私は手放せないでいる。いつか決別してみせると思いながら、永遠に乾ききらないままのゴム手袋をはめて、いそいそと洗いものに取りかかる。

ワイングラスがなくなって、食器棚は寂しくなった。次はどんなグラスを買うべきか迷い、ふと思う。そもそもワイングラスとは何か。長いステムは何のためのものか。

長く細いステムに支えられたワイングラスは、現実と一線を画すためのものであると私は思う。液体を上へ持ちあげるほど、そして、グラスのカーブが深ければ深いほど、生活からは遠い飲み物になる。

重力に逆らって持ち上げられたワインを、私はほぼ毎日飲む。しかしそのグラスを割り続け、自分の夢とする暮らしが自力では維持不可能なものであることに、ようやく気が付く。ひとつ残らず割れた今となっては、コップのようなもので済ませるか、もしくは、六脚千円のグラスで我慢するか。妥協の度合いを考えなくてはならない時がやってきた。

妥協の産物が、火事のすぐあとの母の家にもあった。

数年前に富山の実家が全焼した。火事があったその日のうちに、近所の有志によって母のためにマンションの一室が用意され、調理器具から食器、バスタオルまで、衣食住にひと通り困らない程度のこまごましたものが揃えられたという。本当にありがたいと思う。

東京から見舞いに帰った私が母の台所で見つけたものは、プラスチック製の調理器具で、先端がお玉、もう一方の先端が二股に分かれた菜箸だった。

どうしてと思う色をしている。蛍光オレンジのお玉で味噌汁をよそい、蛍光ピンクの箸でほうれん草を茹でる。主婦ならではの発明としてもてはやされる、こうした横着な道具を、私は心の底から醜悪だと思っている。

十八歳まで暮らした富山の家には、高級なものこそなかったが、悪趣味なものだってなかった。暮らしに応じて必要な、最低限の道具があり、それらはひとつの道具に対してひとつの役割を与えられていた。使い込んだ菜箸や揚げ物箸。米を量る升。菓子をのせるための盆。油かすをすくう網。持ち場がしっかり決まった、使い勝手のよい道具が、生活のリズムを作っていた。

それなのに、母があのような調理雑貨とともに再起をはからざるを得なかった不自由さが、不憫で耐えられなかった。

ひとの手が脳の出張所であるなら、毎日欠かせない家の仕事も、少しでも善いもの――華美という意味ではなく、その行為に一番適したもの——で行いたいと思う。何通りにでも使えることを謳った道具というのは、じつのところは、半人前であることが多くて、むしろ人間を縛りつける。蛍光色のお玉と菜箸を手放した日が、母が本当に生活を自分のものとして取り戻すはじまりなのだ。

ワイングラスのその後である。

ある日、〈木村硝子店〉のホームページを見ていたら、ひとつのグラスが目に入った。グラスというよりは、コップと呼んだほうがしっくりくる形で、全体的に均一にぽってりとして、底も少し厚い。なんとなく知っているグラスだと思いながら、その理由がはっきりとは分からない。記憶を捕まえようと、ぼんやりと記事を読み進めていたその時。

フィレンツェ——この地名にぶつかった瞬間、頭の中に、ああ、あのときのグラスだという、鮮明な感覚が戻ってきた。

以下、木村硝子店の木村祐太郎さんの言葉を借りて説明する。

出張先のベルリンで、愛らしい素朴なグラスを見つけた木村さん。日本に買って帰って以来、オフィスに置いて気にかけていたそうである。どこのメーカーのものなのか調べてみると、イタリア・ボルゴノーヴォ社の〈ウィーン１３５〉というモデルであることまでは案外簡単に突き止められた。いいグラスだと思ったものの、日本ではおそらく売れないと判断し、そのまま話は立ち消えになってしまったそうである。

話は続く。それから数年経ってフィレンツェを訪れた木村さんは、有名な食堂〈ソスタンツァ〉へ食事に出かけた。ビステッカと赤ワインをオーダーしたところ、あの〈ウィーン135〉にそっくりなグラスが目の前にどんと置かれたそうだ。ソスタンツァでは、水も、白ワインも、赤ワインも、すべて同じグラスで飲まれていた。

そのグラスで飲んだキャンティは、おいしいよりも、強烈に「うまい」。木村さんの衝撃は、私が同じくソスタンツァのテーブルで抱いた思いそのものだった。厚めの底によって、ワインはテーブルから少し持ち上がり、しかしけっして気取らず、飲み口はぽってりと丸くて柔らかい。

私は日本であのようなグラスでワインを飲んだことはなかった。混雑したソスタンツァの隅っこで、あのグラスを手のひらでくるんでさえいれば、ひとり旅の緊張がほぐれたことが、昨日のように思い出された。テーブルにワインがなかったら、旅の手持ち無沙汰をなぐさめることは難しい。

木村さんは〈ウィーン135〉をワイングラスとして日本で販売することをあらためて決意し、巡り巡って、私がその記事を目にすることになったのだ。

のちに分かったことだが、ソスタンツァで出されたグラスは、フィレンツェからヴェネト州周辺のエリアでは、古くからワイングラスとして使われていた形だそうだ。そして、ヴェネト州の方言では、グラスワインのことを「オンブレッタ・デ・ヴィーノ」（日陰のワイン）と呼ぶ。それは、ベネチアで仕事を終えた職人や漁師が、日が高いうちからサン・マルコ広場で飲むにはまだ暑く、サン・マルコ寺院の隣の塔の日陰でワインを飲む際にこのグラスを使ったことに由来している。

二十二歳で初めて訪れたベネチアで、私が真っ先に向かったのも、かのサン・マルコ広場だった。街が花で溢れた春の日、カフェの庇《ひさし》に遮られながらプロセッコを飲んだ。数日滞在してフィレンツェに移動し、ガイドブックに載っていたソスタンツァを目指したのだった。

ベネチアとフィレンツェの記憶が、ゴム手袋への積年の恨みをきっかけとして、ひとつのグラスを通じてこんな風に実を結ぶとは、思ってもみなかった。忘れられない旅の思い出が、私のワイングラス・ロスを不思議なタイミングで埋めてくれたのだ。

こうして私は、それまで集めていたワイングラスよりうんと安い値段で、新しい気に入りのグラス〈ウィーン１３５〉と再び出会い直すことができたのだ。

買ったのが夏だったのもよかった。バーベキューをする際にも、遠慮せず屋外へもっていける。炭火で焼いた肉に合わせるのは、キャンティ。太陽を写しとったような陽気なワインは、やはり、おいしいというよりは、腹の底から、うまい。

ワインだけでなく、水も、牛乳も、日本酒も、搾りたてのジュースだって、なんにでも合うグラスだ。食洗機に入れて洗えるし、多少雑に扱ってもへこたれない。高級なワイングラスより、こっちのほうが、もともとずっと、私らしかったのだ。

ワインを日常的に楽しむコツについて、このことばかりは、イタリア人に倣いたいと思う。少なくとも、ゴム手袋でグラスを洗う窮屈な日課から、私は解放されたのである。今のところ、ひとつも割っていないし。


先日、有名な料理家の娘で、ご本人も料理家として活躍するかたのインタビューを読んでいたとき、思いがけずゴム手袋が出てきた。

お母様はどんなかたですか？　の質問に、彼女はあるエピソードを引き合いに出して答えた。

「おしゃれな籠やなんかがこう、キッチンに飾ってあるでしょう？　なにが入ってるのかしらと思ってのぞいて見たら、ゴム手袋なんです。母に言ったら、あら見つかっちゃった、って顔をして」

ゴム手袋は疎ましく、愛おしい。どんな場所を用意してやっているのか、ぜひいろんなかたの実情を聞いてみたい。

こたこたなもん

テレビの料理番組を見ていると、それまで気にもしていなかった食べ物を思ってたまらなくなる。それが休日の昼間なら、子どもまで加わって、じゃあ今日さっそく食べようじゃないかということで話がまとまってしまう。

土曜の朝、ある番組では、酢豚がそれはそれは丁寧に作られていた。桜色の豚肩ロースのブロックは、ひと口大に切り分けられ、片栗粉をまぶして揚げられる。パイナップルは缶詰なんて使わずに、丸の実の皮をむくところからはじまる。残ったぶんは食後のデザートに。酢豚用とは切り方が変わり、ガラスの小鉢に盛られて冷蔵庫へ。玉ねぎを切る刃先の動きは一ミリの迷いもない。最後に絡められるタレは、どのくらいの甘みと酸っぱさなのだろう。もう、頭の中は酢豚一色。昼ごはんのメニューは決まった。

ならば食べに行く。

酢豚を作ったことがないし、作ろうと思ったこともない。揚げたものをさらに炒めるなんて手間だし、都会の小さな台所には酷だ。おまけに大の中華料理好きときているから、辛いのならあそこ、さっぱり塩のきいた野菜多めならあの店、点心がメインならばここと、好きな店がいくつもある。

この日も、あの店の酢豚なら間違いないというところに心あたりがあった。念のため予約の電話をしておこうと思うが、スマホのロックを解除するのも待てない。家族みんなで歩いて向かってしまおうということになった。

Kというその店は、定食屋と呼ばれるような気取らない店だ。麻婆豆腐があって、餃子があって、一段値の張るフカヒレつゆそばがある。野菜の一品料理も気が利いていて、竹の子とほうれん草をかき揚げにした名物はビールによく合う。

以前、春巻きを頼んだら、柔らかく炒めてからとろみを付けた玉ねぎだけが入っていた。その甘くておいしいこと。いま何を食べているのか、よく自覚できる。こねくり回されたものよりも、私はそういう料理が好きだ。

何を頼んだって、首をかしげたくなったことは一度もないし、どんなに混んでいても待たされた記憶がない。キッチンには、息の合った男性がふたり。どうやってやりくりしているのだろう。おいしいものが魔法のように生み出される最前線を、勉強させてくださいとのぞいてみたくなる。

十一時。準備中の札がひっくり返されると同時に、私たちはずんとテーブルに進んだ。

奥の厨房で油がぱちぱち跳ねるのを聞きながら、瓶ビールと一緒に自家製のメンマをつまんでいると、待ってましたの酢豚が運ばれてきた。

肉の数を確認する。おあいそ程度じゃ困る。卓球ボールみたいな豚肉が皿にまんべんなく散って、ひとり二個は食べられそうだ。人参は溝をつけて切ってあり、玉ねぎは台形だったり菱形だったり。パイナップルはなし。黒酢のあんは、少しほろ苦い。

豚肉を箸でつまんで食べたら、もう、紹興酒がないことには。黒酢のあんと色も似ているし、見るからに相性が良さそうだ。常温のを二合もらって、ちびっと舌にのせてから、酢豚を食べる。口の中でいっしょくたに溶け合い、互いの残り香だけを残して胃に収まっていく。食べ終わった皿は、中身だけほじくられたあんがブヨブヨと残ることなく、なにが盛られていたのか分からないくらいだった。三時間前にテレビに着火された食欲は、薄化粧の酢豚に導かれ、安全に着地したのだった。

もともと私は、作る仕事をする以前に、食べることを仕事にしていた。

二十代はグルメ誌で編集者として働いた。街のどこにおいしいものがあるのかを、読者に代わって探し回るのが仕事。あまりお金のない大学生時代を過ごしたから、この値段でこういう感じなら二度めはないなあとか、ここは友達と一緒にまた来ようとか、所持金を気にしながら感じる率直な印象を大事にしていた。

めっぽう高くてめっぽうおいしかったり、安いのになかなかおいしかったり。その店に惹かれる理由を分析して二十字の見出しに落とし込めなければ、グルメ誌の編集者は務まらない。

先輩たちのように、食のブームを作り出す編集力は私にはなかった。ただ、読者に近い目線を大切にしなさいという編集長からのアドバイスを胸に、食べに食べて、酔った。おいしいものがある場所と、そこに集う魅力的なひとが好きなのだ。

おいしいもの好きには大きく二種類ある。まず、自分では作らないひとと、自分で作るひと。自分で作るひとはさらに二つに分かれる。年がら年じゅう美食をこしらえているひとと、そのへんにあるものでやりくりすることに熱心なひと。

自分では作らないという表現も、掘ってみると深い。自分では作らないものを、ひとに作ってもらう珍しさがあるいっぽうで、自分でもよく作るものを、ひとに作ってもらううれしさもある。旅館やホテルの朝ごはんは、その最たるものではないだろうか。

それはたとえば、目玉焼きやオムレツ。塩鮭の焼いたの、もしくはカリカリのベーコン。炊きたてのごはんに、湯気が立つ味噌汁。トーストとコーヒー――見慣れた料理が、よそゆきの顔をして見える。誰かが自分の手間を肩替わりしてくれたことが、ありがたくて、申し訳なくて、輪をかけて贅沢に感じる。

入社一年めのボーナスで母親をハワイに連れて行った。一世一代の親孝行。有名なレストランへ次々と予約を入れ、母を連れてまわった。

最初は見るものすべてを珍しがっていた母だったが、滞在二夜めにして、

「こんな、こったこたなもん、もう食べられん」

エビとアボカドにワサビとマヨネーズをのせて、パイで包んで生クリームをかけたような料理に、母の手が止まってしまった。

残していいよと言っても、作ってくれたひとに申し訳ないと泣きそうになっている。結局私が代わりに食べたが、そのじつ私だって、こたこたな味付けとプレゼンテーションに飽きはじめていた。ホテルへの帰路、タクシーの窓を流れていった〈日本食　お茶漬け〉の看板に、ふたりして、くぅ……と声が漏れた。

次の日の朝、ワイキキの海沿いを散歩して目についたカフェに入り、気を取り直してトーストとコーヒーだけの朝食をとった。

目の前には水平線。南の人懐っこい小鳥がパン屑を狙っている。

「これ、これ。お母さんがしたかったのは、こういうハワイです」

椅子にゆったり背をあずけて、母はうれしそうだった。こたこたな料理とは無縁に育ち育てられた富山の母娘が、慣れない異国の旅でようやく鎧を脱いだのだった。

こたこた。全国区では、こてこて、もしくはこってり。

こたこたか、こたこたでないか。余分か、余白か。殺すか、生かすか。無粋か、粋か。私が作るものも、これが物差しになっている。

料理撮影のときも、原稿を納品するときも、つい、カメラマンや編集者に「これ、余計ですかね？」と聞いてしまう。最終的に決めるのは私自身だと分かっている。だから、独り言のようなもの。迷ったら、外す。そうすると、風が吹くようで、すっきりする。

それでも、完成したものを見たとき、ああ、この一点が余計だったと後悔することばかりである。それは、レシピの味付けだったり、文章の言い回しであったり。脱こたこた。これが難しい。

こたこたから遠い場所といえば、私はやっぱり、都市の酒場というものを挙げる。

神保町の〈兵六《ひょうろく》〉に寄ったときのこと。一時間だけと決めていたが、さつま無双が入ればあっという間。名物のさつま揚げをひとりでやっつけ、後ろ髪をひかれながら急いで店を出た私は、

「うそだ」

腕時計を見て笑ってしまった。その時、春の風がふわっと吹いた。

兵六の柱時計は、十五分も進んでいたのである。飲み屋でちらちら腕時計を見たくないという酒飲みは多い。舌を潤しにいくのに、腕時計やスマホばかり見ていたんでは、日々のせわしなさが浮かばれない。

してやられたとは、こういうことを言うのだろう。もちろん、悪い気分じゃない。むしろ

得した気分。それから駅へ向かう足取りの、なんと軽かったこと。日が沈むまで、もう少しある。神田の街を眺めながら、普段通らない道を選んで帰った。日常の中にふいにやってくる、ぽっとうれしくなる瞬間に、ちゃんと気付いていたい。

こたこたしていないとは、味付けや盛り付けのことだけをいうのではない。こうした、すっと手を添えてくれるような計らいのすべてを指すのではないか。かゆいところに手が届きもするし、放っておいてもくれるような。

今、家の時計も十五分進めようかどうか迷っているところ。なんせ一時間の四分の一だ。五分だったら、二十年前に腕時計から携帯電話からなにから、すでに進めてある。これまでのすべての五分はいったいどこへ行ったのか。心配性な私の、安心にすり替わったか。

時計の針を十五分進めたら、人生の味わいはどう変わるだろう。知ってしまったら、取り入れてみたくなる。やってみて、記したくなる。すべて十五分の時間たちが、どのような色を帯びていくのかを。

三月の蓑、八月の鯨

ふきんだけは手で洗っている。

ふきんの使い途はいろいろある。野菜の水気を拭いたり、濡らして固く絞って、まな板やお櫃を湿らせたり。炊きたてのごはんを、左手にひろげた濡れぶきんへぽとんと落とし、塩むすびを作ったりもする。私が使っているのは、十二枚五百円で無印良品で売られている、ごく手頃なものだ。サイズは四十センチ四方。

少しくたびれてきたなと思ったら、すぐにかごに放り込んでしまう。ケチらないで気前よく。そのほうが衛生的だし、結果、料理の支度が早く済む。五、六枚溜まるたびに、台所のシンクでまとめて洗う。そのために小ぶりな桜の洗濯板を買ったのだったか、気に入った洗濯板を見つけてから自分で洗うようになったのだったか。

ボウルに張った水にふきんを浸け、まんべんなく湿らせてから、洗濯板のうえにひろげる。ギターの弦をかき鳴らすようにして石鹸をこすりつけ、何度かひっくり返したり、半分に折ったりして、泡——シャボンと書きたくなる——を繊維にゆき渡らせては、体重をかけて汚れを押し出す。絞って、ざぶんとゆすいで、また絞って。二、三回繰り返すうちに、ふきんは白さを取り戻す。

最新型のドラム式洗濯機をいまひとつ信用できないでいるのは、水の量のことなのだ。うんと少量なんかで、汚れがきれいになるものか。その仕組みが私には分からない。加賀友禅が冬の浅野川で洗われているのを見たときの、こちらの細胞にまで染みわたってくるような感動は、あの水嵩に支えられてのものだ。

そんなことを言っても、しかし、洗濯機ではお尻や足の指を包む布を洗っているのだから、そう神経質になることもないか。


子どもの頃、家にはまだ洗濯板が残っていて、たまに母が使っているのを見ていた。当然、洗い桶もあった。ドリフみたいなトタンのたらい。エクボがいくつもあって、底も平らではなく、いつもぐらぐらと揺れていた。夏はそこに麦茶のやかんを入れ、蛇口からちろちろと水を流して鍋肌を冷やした。

十八歳で富山の家を出るまで、私は洗濯というものをしたことがなかった。もちろん、二層式の洗濯機の左から右へ洗い物を移すとか、脱水が終わったものを取り出して干すとか、その程度の手伝いをしたことはあったけれど、そんなのは洗濯のうちに入らない。生きることは汚れものを生み出し続ける営みだと知るのは、子どもが生まれてからだ。

一日や二日、洗濯のことを忘れていると思ったら、もう危ない。脱衣所に置かれた洗濯かごが、家族全員の衣類でいっぱいになっている。こんもり積み上げられたものと、かごからぺろっとはみ出したの。その様子が溶け出したソフトクリームみたいで、うちではそれをセンタクリームという隠語で呼んでいる。

センタクリームを洗濯機に放り込んでスイッチを押すのは億劫なのに、ふきんを手洗いするのは面倒どころかたのしいとは、いったい。

家事について考えるヒントが、ここにあるように思う。

ふきんを泳がせて、たっぷりの水が繊維を通り抜けると、視野まで清められる気がする。干すことはさらに気分がいい。同じ大きさのふきんが、均等な間隔で物干しに留められ、軒下で風に吹かれているのを見ると、心の澱までほぐれていく。白さを保つ喜びは、新調する喜びに勝る。

それなのに、つい取り込むのを忘れ、ひと晩中干したままにすることがある。それも一度や二度ではない。

朝、雨戸を開けると、かぴっとしたふきんが目の前にぶら下がっている。夜中の闇に白いものが漂う姿は、見たひとをきっと不気味がらせてしまっただろう。しまったと思う。恥ずかしいと思う。しかし、懲りない。

物盗りに狙われやすい家の特徴のひとつに、洗濯物を取り込み忘れている家があるというのを聞いたことがある。一事が万事で、なにかといい加減な家だとあたりをつけるのだろう。

戸締りだけはちゃんとしなければ。

昔ながらの家事に逆戻りをするといえば、ほうきだ。ルンバもダイソンも、マキタのハンディまで持っているのに、よく使うのはほうきである。

私が愛用しているのは、神奈川の愛川町中津（旧中津村）で作られている中津箒。糸の色から選んで、職人に拵えてもらった。

まず、音がいい。フローリングや畳を、笹の葉が触れ合うような静けさで撫で、会話をかき消さない。原料のホウキモロコシは、収穫を終えた懐かしい秋の匂いがして、届いてからしばらくは家の中に小さな太陽がやってきたようだった。

ほうきを手に取る前に、まず新聞紙を濡らして硬く絞り、卓球のボールくらいの大きさに丸めて部屋の四隅にまく。それを中央に集めるようにして掃いてくれれば、塵が高く舞うことなく掃除ができる。ほうきの穂先が畳の溝にまで入り込んで、細かなほこりを掻き出してくれるせいか、掃除機をかけるよりきれいになる気がする。

手の先に、行為の対象がある。体で、目で、清潔になったことが分かる。その安心感が、私を古い家事道具へと向かわせるのだろう。二、三日原稿にかかりっきりになっているときなんか、ほうきで床を掃くと、気道が広がって、呼吸を取り戻したような気がする。掃き清められた畳にしばらく大の字になり、いつの間にか薄くいびきをかいている。

ひとより器用だとも、やりくり上手だとも思わない。しかし、家のことに手をかけているとき、どう生きていったら良いか——どう生きてはいけないか——ということだけは、分かっている気がする。

三省堂書店が入っている有楽町の交通会館で、東北地方の物産展が開催されていたのに出くわした。三月の終わりのことだ。

展と名が付けばひやかさずにはいられない。ほうきやかご、ヒバ材で作った雑貨や、野菜、乾物などの食品をひと通り見ようと、視線を左右へ走らせてぶらぶらしていたときのこと。ふと、藁で編んだ簑《みの》と腰蓑が売られているのを見つけた。値札を見る。おそらく物産展の最高価格だろう、隣にはお店のお兄さんがしっかり付き添って番をしていた。

お兄さんに遠慮して遠巻きに盗み見ると、見れば見るほど、立派なファッションなのだ。見事な藁の塊が、春のひとごみにポツンと運ばれてきた不思議。岩手の野田村にある宿〈苫屋〉で仰ぎ見た、ふきかえられたばかりの茅葺き屋根を、私は思い出していた。袴みたいにたっぷり広がった金色の束が、朝日を受けて輝いていたそのまばゆい姿。

歌舞伎役者でもないかぎり、簑を着る機会など一生ないだろう。そう思うと、試着したくてたまらなかった。実際にその日は、春がやってきたというのに肌寒くて、奥歯が軽くカチカチと鳴るほどだった。

しばらく距離を保って見ていたが、どうしてもお兄さんに言い出せなかった。その程度の興味だったからではない。買ってしまいそうで怖かったのだ。

物の背景にあるストーリーなど聞いてしまうと、すっかり陶酔して、自分が買わねば誰が買うのかと気を大きくしてしまう。そんなことを繰り返してこなければ、投資したり誂えたりしている人生だったかもしれない。だから、必要以上には近づかない。蓑を前にしたこのときの私は賢明だったと思う。

しかし、こうも思うのだ。あの蓑を着て銀座四丁目交差点を歩いたら？

「コートをお預かりしましょう」

レストランの店員はどんな顔をするだろう。そういうことを考えているだけでおもしろい。

暮らしに必要なくなってしまったものを、作るひとがいる。作る技術がある。いずれその技術は、廃れていってしまうのだろう。もしかしたら、廃れさせずに継承するという、それだけの目的のために、あの蓑は編まれたのかもしれなかった。

暮らしから消えかけたものの副産物を、お金を出してまで買っているのが現在の私である。たとえば、自分で梅干しは漬けないが、漬ける工程でできる梅酢は好きだ。道の駅などで見つけては買って帰り、酢物や酢飯に使うし、炭酸水で割って飲んだりもする。

自分で精米をしないから、新鮮な無農薬の糠《ぬか》を取り寄せて、糠漬けを作る。自家で玄米を精米する家庭など、都会でなくても、今はもう少ないのではないだろうか。それでも糠漬けは、こうして漬けるひとがいる。辛子や山椒を加えて、自分だけの味にしようと腕まくりするのは、都会の人間のままごとみたいだ。

入り口と出口が別になった財布のような、ちぐはぐなことをしていると思う。それでも、使いたい。そばに置いておきたい。

農村では、脱穀が終わったあとの稲を使って、冬に備えて蓑を編んだ。収穫を終えてなお、何ひとつ無駄にしないようにという知恵であり、農閑期の収入源でもあっただろう。都会に暮らす、もの好きな女のための防雨具ではなかったはずだ。

有楽町で簑を見た次の週末、私はオーダーしていたワンピースを受け取りに新宿のデパートに向かった。

Kというブランドのそのワンピースは、デザイナー自らが採寸してくれたもので、仕上がりまで二か月待った。色は黒板のような緑。グリーンはネイビーに匹敵するフォーマルな色になり得ると思うと、そのデザイナーは言った。

シルエットと使われている布の量を考えると、ワンピースというよりはドレスと呼びたい代物だ。ハンガーにかかったドレスを持ち上げると、服とは思えないほど重い。しかし着てしまえば、シルクジャージーが肌にひっつくような感覚があって、体を布で支えられている安心感がある。ウエストは緩みなくタイトに。腰から下はたっぷりのドレープが流れ落ち、歩くたびにひんやりと脚を撫でる。この値段が、蓑とまったく同じなのだ。

家事や生活とはほど遠い、たっぷり波打つ夢のような布をまとって、私はどこへ行くでもない。はなから、家の中で着ようと思って買ったのだ。映画『八月の鯨』で見た、ベティ・デイビスとリリアン・ギッシュ演じる老いた姉妹が、髪と身なりを整えて過ごす暮らしぶりに、未来を想像しつつ憧れて——と言うにはまだ早すぎるけれど、月がきれいな夜には、こんな服で食事をしてみたい。

このドレスに体を入れるたびに、あの、何かの手違いみたいに春の都会に連れてこられた蓑を思う。香りだけでも確かめておけば良かった。懐かしい、故郷にも溢れていた秋の香りを。

同じひとりの女の中に、ドレスを着ている女と、蓑を着て歩いてみたいと思う女が同居している。藁の香りなど知らないという顔をして肩をそびやかし、指輪を外した手を糠床に突っ込む。どちらが幻で、どちらが本当か。意外と地続きであるような気もする。

ルイさんの声

騒音をめぐる近隣住民同士のトラブルを、報道で目にすることがある。なかには、そんなことくらいでと思うものもある。本当に問題なのは音そのものではなく、自分をないがしろにされた、気持ちの訴えのような気がする。いずれにしても気が滅入るニュースである。

私が住んでいるのは、東京二十三区にある比較的古い土地で、新築の建売りと昔からのお屋敷が混在する、どこにでもある街だ。アパートはちらほらあるが高層マンションはなく、高く売れそうな番地のあたりにはきまって、似たような低層マンションが建っている。子育てにいいとか、住みやすさ指数何位だとかいった宣伝とも縁のない代わりに、これみよがしに上っ面だけ洗練されたものもなく、街全体が見栄を張らずに暮らしている。

私の家は、そんな街のさらに奥まった場所にある。

家々が比較的密集しているから、耳を澄ませばいろんな音が聞こえてくる。駅からすぐのマンションにひとりで住んでいた若い頃は、些細な音が隣の部屋から聞こえるだけで、鼓膜を小突いてくるようで身構えたものだが、このあたりでは、生活はやさしい音をしている。

南に面した部屋で仕事をしていると、さまざまな音に気付く。朝から午前中は、まず鳥のさえずり。出かけていくバイクの音。小学校の始業のチャイムや、どこかの家のインターホンが鳴らされる音。元気な挨拶はたいてい、介護施設の迎えのひと。明るい発声は、教員のそれと似ているようで少し違う。向かいの公園にオートバイが停まる音がすると、ああ、もう九時かと思う。鍵の束がじゃらんっと鳴り、続いて、公園の門がぎしと開く。

ラジオもつけず、朝が立てる音を聞くとはなしに聞いていると、私の午前中もだんだんと支度が整い、目の前のことに集中できてくる。暮らしの音は、さまざまな情報を運んでは通り過ぎていく。だから心地よい。

一番情報量が多いのは左隣のおばあちゃんで、あるときなど、玄関先でセールスのひととしばらく立ち話をしていたかと思うと、

「もう、しまいだよ。おかえんなさい」

若い頃はハーレー・ダビッドソンでならしたと聞いている。こうやってぴしゃりと仕舞えるところを、あっぱれという憧れで聞く。

次のターゲットは私か。意識を集中させてみたが、戸惑ったような足の運びの気配がしたまま、セールスのひとは結局どこかへ行ってしまった。あとひと踏ん張りのやる気の糸が、プツリと切れてしまったのかもしれない。

晩ごはんのおかずを考えだす時間になると、雨戸を閉める音があちらこちらから聞こえてくる。古い家が多いから、ガタピシとうるさい。もちろん私の家のも。

家々がまばたきをするようなこの時間が、私はとても好きだ。昼に帳《とばり》を下ろし、夜がやってくる。

だから、向かいのひとり暮らしのおばあちゃんの家の雨戸がずっと閉まったままでも、開いたままでも、気になって日に何度も見てしまう。

あるときなど、夜中におばあちゃんが救急車で運ばれたことがあった。後日「お騒がせしました」と訪ねてくださった息子さんの話によると、救急車の一件を機に、一定回数以上鳴っても電話に出ない場合は、自動的に病院につながる装置をおばあちゃんの家に設置したそうだ。目の前に住んでいるのに、私たちにできることはなにもない。それは、息子さんの言葉を借りれば、おばあちゃんがひとに頼ることを「望んでいない」からだという。

ざっと見渡すかぎり、この街にはたくさんのおばあちゃんが住んでいる。七年暮らしてみて分かったことはたくさんある。犬の散歩をしていたおばあちゃんが、久々に会ったら、杖で支えるだけで精一杯になっていたこともあるし、おばあちゃんひとりには大きすぎる家が、いつの間にか取り壊されて、地面はカステラのように分割され、建売住宅に早変わりしていたこともある。小さな子どもに訪れる七年と、高齢者に訪れる七年の歴然とした差に、角を曲がるたびに出くわすような思いがする。

あるとき、私が把握していた人数以上のおばあちゃんを一度に知る機会に恵まれた。そのチャンスは思いがけないところからやってきた。

珍しく火曜の昼間に家にいた日のことだ。

昼食に何か食べようと思い、近くのスーパーへ買いものに出た。袋をぶら下げて、家へと続くゆるやかな坂道を戻ってくると、おばあちゃんがまたひとり、またひとり、私に向かって歩いてくる。歩き方はそれぞれだが、間違いなく一点を指して集まってくるさまは、フラッシュモブでもはじまるかのような不思議な光景だった。

なんのことはない。おばあちゃんたちは、ゴミ収集車が去ったあとの、中身が回収済みになったゴミ箱を引き取りに来たのである。七、八人はいただろうか。髪を薄紫に染めているおばあちゃん。これからハイキングにでも行くかのような、アウトドア装備でやってくるおばあちゃん。それから、シャワーキャップのようなものをかぶったおばあちゃん。おばあちゃんの見本市が、突然私の目の前で開かれた。

回収車がやってきて、車を停め、ゴミを積んで走り去るまでの一連の音。その音をじっと聞いているおばあちゃんたちのいくつもの耳が、あの家でも、むこうの家でも、いっせいに立っているさまを想像した。年をとるということは、暮らしを仕切ってくれる音の訪れを待ちわびることなのかもしれない。

耳慣れた音が突然止んだこともあった。

ハーレー・ダビッドソンのおばあちゃんには旦那さんがいて、そのざらりとよく響く声から、私と夫は勝手にルイ（アームストロング）さんと呼んで慕っていた。

「いまルイさんが出かけて行ったね」

「あ、ルイさん帰ってきた」

話し声がしたというだけで夫婦の会話が生まれるような、本当に印象的な声をしていた。

ルイさんは週末だけケアホームに行くときにも、スリーピースのスーツを着て中折れ帽をかぶるようなおしゃれなひとだった。おばあちゃんとルイさん夫婦は、その息子夫婦と孫たちと同居をしていて、合計七人暮らしのにぎやかな家だ。

あるとき、ルイさんの声を最近聞いていないなあと思ったことがあった。しかし、忙しさにかまけ、そのまま日々は過ぎていった。

少し経った秋の日、おばあちゃんと奥さんが喪服を着て出かけて行くのが見えた。まさか！　かといってわざわざインターホンを押して訪ねていくようなこともできず、そのあと数日を、じりじりと軒先を確認して過ごした。

忌中の提灯を、私は探したのだ。

東京に住んで二十年以上経つが、忌中の提灯を見たことがないと気がついたのもこのときだった。富山では、通夜を出した家の軒先には必ず提灯がかかっていて、もの言わぬその姿に、はっと息をのんだものだった。

夏の闇に浮かぶ提灯も、冬の雪と一緒になって揺れる提灯も、ともに、今このとき、ひとり欠けてしまった家族たちが、家のなかで悲しみを静かに守っている最中であることを示していた。家の前を通るときには、子どもながらにおしゃべりを慎んだ。

その年の暮れ、やはり隣家に門松はなかった。


それからいくつ季節が過ぎただろうか。インターホンの録画をチェックしていた夫が、ちょっと、ちょっと、と私を呼んだ。

そこにはルイさんが映っていた。

「ただいま八月十六日、十六時三十分」からはじまるルイさんのセリフは、こう続く。

「昨日からガレージのシャッターが開きっぱなしですよ。そんなことは珍しいので、物騒だから閉めておきます。旅行にでもいってらっしゃるのかな」

そこでいったん姿を消したかと思うと、ご近所の別のおじいさんが通りかかったのを連れてきて、

「このひとをね、証人にしますよ。いまからおたくのガレージのボタンに触りますからね」

しばらく経つと、画面の向こうにはギーという聞き慣れたシャッター音がして、ふたつのシルエットは通りの奥へ消えていった。

ルイさんがインターホンに話しかけていた日の前日のことが、はっきりと思い出された。大雨のなかを、私は子どもを連れてタクシーに荷物を積み、空港に向かうところだった。仕事帰りの夫と空港で落ち合い、旅に出たのだ。

家のインターホンには、誰かが呼び鈴を押すと同時に録画をスタートさせる機能が付いていて、メモリ容量が許す限り、遡って再生することができる。ルイさんがこの録画機能のことを知っていたのか、それとも知らずにただ話していただけなのかは、分からない。

ルイさんの家のガレージと私たちのそれは同じ構造をしていて、リモコンがなくても開閉できるスイッチの場所を、ルイさんは知っていたのだろう。旅行から帰ってきた時には、ガレージはしっかり閉められていたから、本当に助かった。

この映像をご家族に見せたら、驚かれるだろうか。懐かしんでくれるだろうか。そんなことを考えながら、私たちは結局、削除した。あの声は記憶にちゃんと残っているのだから、と。

今でも、ふとしたときに、ルイさんの声が聞こえるような気がする。音というのは不思議で、記憶のひだのどこにしまわれているのかは分からないけれど、聞きなじんだほかの音——犬の鳴き声や、隣家のドアが開く音——につられてくしゃみをするように、ふいに現れることがある。

音には違いないのだから、頭のなかでなにかが振動しているのだろうか。空耳と呼べばそれまで。しかしそのあいまいさを支えているのは、無数の本当の手触りなのである。

二四〇〇年の家事

週末にはバナナをひと房買う。

少しずつ食べ食べしいしい、翌週の水曜になると、あと二本残すのみとなる。そうなると、まず子どもがそわそわしはじめ、木曜の朝には私も、

（どうかあと二日持ちこたえておくれ）

祈りながら、黒い斑点を見る。

腐りかけのバナナを待ちわびるのは、週末にバナナブレッドを焼く約束をしているから。ちょうどいい具合にくたびれたバナナを使うのがコツで、若いバナナでも作れないわけではないけれど、少し力を入れればフォークで簡単に潰せるくらいの質感のほうが、生地がしっとりして甘みも深くなる。

ほかに用意するのは、卵、菜種油、牛乳。薄力粉と茶色い砂糖。左党の私がレシピを見なくてもそらで作ることができる、数少ない甘味のひとつだ。

バナナは暮らしの一番近くにありながら、私がバナナのことなんか忘れている間に、粛々と黒い点をその皮に刻んでいる。腐敗、そして死に向かって。

台所を見渡すと、さまざまな時を刻む食材に囲まれている。

半永久的と思われる命を得た缶詰や乾物。毎日かき混ぜてやらねばならぬ糠床。節分に仕込んだ味噌は、音も立てず着々と発酵している。冷蔵庫には、低温で劣化をコントロールされた、死んで間もない肉や魚。冷凍庫には、元の姿に戻って調理されるのを待っている、また別の肉や魚。これにお茶やワイン、のど飴、家庭菜園を足すと――私が管轄するこのキッチンには、大量のエネルギーが集まっている。

それらをどんな順番で使って何を作るか。経済的にも地球環境にも痛みを少なくして切り盛りしていくには、どうしたらいいか。こんなに脳に汗かく分野なのに、いまだに女の仕事などと軽んじられることが不思議でならないし、悔しい。しかし考えてみれば、料理をはじめとする家事の技術など、いつどこで学ぶのだろう。

約二四〇〇年前に、家事を論じた本がある。『オイコノミコス　家政について』。著者はソクラテスの弟子で、哲学者のクセノフォン。越前谷《えちぜんや》悦子による訳で二〇一〇年によみがえった。

オイコノミコスとは、「家」を表すオイコスと、「扱い方」を意味するノモスが合わさって生まれた言葉で、「家の大切なものを管理する技術」つまり家事を指す。おもしろいのは、これがエコノミーの語源でもあるということだ。

作者のクセノフォンは、本の中にイスコマコスという架空の賢人を登場させ、ソクラテスにものの道理を教える大した役割を与えている。この設定がまずユニークだ。

対話はたとえばこんなふうに。

〈たくさんの高価な家具を持っていながら、ちっとも整頓されていない家と、少ない家具ながら各々が決まった位置に整理整頓されている家。どちらが豊かだろう?〉

それぞれの物があるべき場所に置かれるためには、家のメンバー全員が秩序やルールを理解し、従う必要がある。イスコマコスは、ひいてはそれが、効率的な農作業から、人を統率する国政の長の資質にまでつながっていくと説くのである。

イスコマコスの手にかかれば、家政(家事)は体を動かして肥満を防ぎ、健康な体を作る基盤になる。健全な体と心根を育てる大事なものだと断言しているのだ。

中盤、対話は結婚や人生の意味へと深まっていく。イスコマコスは言う。結婚の目的は、第一に種の存続。そして、互いの老後の面倒を見ること。そのために信頼関係を築くこと。そうしてひと組の男女が手を取り合い、富を増やし、豊かになることこそが生きる意味だと。

結婚生活を具体的な家事に落とし込むと、家の外で男が獲得した農作物や動物の肉を、家の中にいる女がうまく切り盛りすることが必要だ。両者は対等であり、豊かになることを目指して働くのである。

一年分の収穫を半年で食べ尽くしてしまう妻は料理担当として失格だし、寒い季節に備えて、毛皮を防寒着に縫う技術があることが望ましい。穀物を良い状態で保存することも、腕ひとつだ。それに、奴隷や使用人がちゃんと働くようにするのも、妻の役目。奴隷がしょっちゅう逃げ出す家では、お先真っ暗だ。

さまざまな具体例を引き合いに出しつつイスコマコスが願うことは、ただひとつ、富だ。心身の健康と社会的名声によって支えられた、豊かさだ。そして、豊かさは日々の協働からしか生まれない。

家の中のことなんてどうでもいいけれど、外ではうまいことやりたい——こんなことを言うひとがいたら、それはてんでおかしなことだ。二四〇〇年前に豊富な具体例をあげながら、エンタメ作品に仕上げていた作家がいたことに驚く。

私は一時期、企業で採用にかかわる立場にいたことがある。料理を扱う会社だったこともあって、面談では家事分担について必ず聞くことにしていたのだが、

「（共働きの）妻に任せています」

悪びれずこう答える男性がいて、驚いたことが何度もある。中途採用の面談では、質問者の意図を汲み取って少しくらいは盛るのが当たり前なのに、ということは、よっぽど何もしないのだろう。とてもじゃないが仕事を任せられる気がしなかった。

こんなこともあった。

働きながら女子栄養大学で勉強していた頃、知人の男性から

「それって何用の努力なの？　給食のおばさんにでもなるの？」

と茶化された。

そのひとは、歴史上大惨事となったいくつもの集団食中毒が、ほんの小さな横着から引き起こされたことを知らないだろう。人類がビタミンの必要性に気が付くまでに、どれほどの命の犠牲があったか、想像したこともないだろう。

自分は何も知らないんだということを、料理は一番近くで教えてくれる。調理をすることは、自然を自分の体内に取り入れる——しかも死なないで——ための、もっとも大切な仕事なのだ。だから、家庭では料理をするひとがリーダーだと私は思う。


思い立ってコンソメスープを作ったときのこと。ホテルのレストランで一杯二千円で売られているのを見たとき、自分で作ったらどんなことになるのだろうと知りたくなり、知り合いのシェフにレシピを教えてもらって作ってみた。〈作る〉というほどやさしいものでないことは、のちに分かる。

冬の日曜、朝四時。気温は二度。

コンソメを作るためには、まずブイヨンを作らなければならない。肉や野菜を煮込んでブイヨン（だし）をとってから、そのスープを元手に、コンソメを仕込む。

鶏もも肉、人参、玉ねぎの皮に加えて、ローリエ、セロリ、パセリの茎を煮る。三時間後、もも肉はしっとり仕上がり、おいしいブイヨンができた。漉して再び火にかけ、粗熱が取れるまで冷ましてから、コンソメ作りに取りかかる。

ボウルにひき肉を入れ、塩胡椒をしてよく練る。サイコロに切った人参、玉ねぎ、セロリを加え、ここに卵白を落として手でしっかり練りあげる。それをブイヨンの鍋にそおっと入れ、火にかけながらやさしくかき混ぜる。

鍋の中は濁りに濁って、レシピの手順をどこかで間違えたのではないかと不安でたまらなくなる。しかし、信じて待つことしかできない。ここまでやってきたのだから。

すべての具材が浮いていて、しかし、グツグツは煮立たない状態をキープすること五時間。あるとき、具がぽっかり二分された裂け目から、澄んだ琥珀《こはく》色が忽然《こつぜん》と顔を出した。具材もアクも、なにもかもが鍋の中で絡まり合って混沌とし、それぞれの旨味をスープに出し切ったのち、晴れ。御役満了、解散。

ちなみに、ブイヨンが完成したのは、家族が起き出す七時頃。コンソメ作りに取りかかったのは、昼食が済んだ午後になってから。最終的にコンソメが完成したのは、日曜の晩ごはんの時間だった。なんと長い、コンソメの旅。これが本当の旅なら、今ごろはニューヨークだ。

世界中に出回っているキューブ形のコンソメ風調味料ではなく、オリジナルを自分で作れることを知った初めての日。でも二度とは作らないと、悟った日。コンソメが完成した感動よりも、私が打ちのめされたのは次の点においてだった。

コンソメが一日がかりだからといって、三十分あればひける日本のだしのほうが簡単で優れているなどということは、決してないのだ。大した考えもなしに、

「和食を作りましょうよ。だしをひくのは簡単ですよ、ほら、フレンチに比べたら」

こういうものの言い方をしてきたリーダー（私）のなんと浅いこと。そのことに、ガツンと頭をぶたれた。

鰹節と昆布を素人でも扱いやすい状態にするまでに、どれだけの重労働と、火とエンジンが必要か。海の恵みをいただいてきた日本人の起源と、骨を断って肉を操ってきた、かの国の歴史。澄んだ汁の背景には、気が遠くなるような時の重みと英知がある。その香りで、作っている最中からひとを幸せにする点も、同じである。

クセノフォンの時代は、男と女がそれぞれ家の外と中を担当していた。時代は変わり、男女ともに外でも中でも働くようになった。見ず知らずのひとの労働によって獲得されたものを、家の中に取り入れている。咀嚼して、飲みくだしている。

経路はずいぶん複雑になったけれど、労働のあとの食事のうれしさは不変である。

面倒くささとうれしさを天秤にかけ、後者が勝てば、そのための工夫をしたくなる。それは、私がそういう工夫をいい加減にはできない側の人間だからだ。

毎日料理をするなかで、私はひとつひとつ、小さな工夫を手応えに変えてきた。糠漬けが

いい具合になるように時間を逆算して仕込むことも、朝の十分をうまく使って惣菜をいくつも作ることも、私にはできる。誰かの工夫を真似したり、試行錯誤して、一見面倒なことを習慣化してやってのけるたびに、私は、自分を取り囲む暮らしの埒《らち》がぱあっと明いていくような気持ちになった。

子どもにも、この小さな感動を知ってほしい。

なにはなくとも、ごはんは炊けるようになってほしい。パンも焼こう。それから、味噌汁を作れること。目玉焼きが焼けたら、もっといい。二四〇〇年前の哲学者の英知を信じて、かわいい子にはまず、台所から旅をさせるのである。

イスコマコスのいう富が、現在どのようなものにあたるのかは、親の私だってよく分かっちゃいない。それを考えさせる力が、小さな家政を切り盛りするなかで育まれたらいいと願っている。学校で習うことは、思うより、少ないのだから。

不祝儀袋

父方の伯父が亡くなった。日本海側に寒波到来の警報が出された、厳しい冬のことだ。最後に会ったときは車椅子で、終始まぶしそうな表情をしていた。私のことを覚えていたかは分からない。弟の家の五人娘のだれか——これすら分かっていたかどうか。コロナの影響を考慮して、葬儀は小さく執り行われた。

訃報を聞いたとき、車椅子の伯父の傍らにいつも立っていたおばちゃんのことを、まず思った。伯父の父と母、つまり私の祖父と祖母を看取り、息子ふたりを育て、そして二十年以上伯父を介護してきた彼女のことを。夫を見送って、彼女はもうすぐ八十歳になる。

私は思春期の頃から、

「これが一族の長兄の嫁の覚悟というものか」

おばちゃんを別世界の住人のように仰ぎ見てきた。なぜあんなに大らかで、ケロっとしていられるのだろう。不機嫌な表情をしたり、弱音を吐くことはないのだろうか。半分は尊敬して、もう半分は不思議な気持ちで。

東京から香典を送ろうと、不祝儀袋を買いに出かけた。

店には簡素な五枚入り三百円と、立派な一枚入り三百円のふたつの選択肢があった。一瞬ではあるが、五枚入りに手を伸ばしそうになった。しかし、あと四回備えているなんて不吉だと思い直し、高いほうを選び直した。

高いほうには、御霊前、御佛前、御香典の三つの紙札がセットになっていた。必要なものを水引に差し込んで使ってくださいというわけだ。最後の御香典は分かるが、前のふたつの違いがとっさには出てこない。商品化されているからには大事な意味があるのだろう。家に帰ってから調べようと思いながら、次の目的、薄墨の筆ペンを探して歩き出す。

考えてみると、葬儀や香典など、ひとの死にまつわるすべての形式がぼんやりとしかつかめない。九年前に姉が旅立って以来、幸せなことに、私の暮らしは死の予感とは無縁だったのだ。

筆ペンを探すのに、思いのほか手間取った。マッチと灰皿のように、一緒に使われるものは隣り同士で売ってくれたらいいのだが、かといって、いまはマッチを使う家庭など、どのくらいあるのだろう。そんなことを考えながらやっと見つけたのは、一方が濃い墨、もう片方が薄い墨になったダブルエンドの筆ペン。気持ちひとつ伝えるにも、既製品で済ませようとすると、余分だったり足りなかったりして不自由なものだ。

出版社で働いていた頃、デスクの抽斗《ひきだし》にいつも薄墨の筆ペンを入れていた。なにかのきっかけで買ったものなのだが、幸いにもその後使う機会はやってこず、しまったままになっていたのだった。

「それなら私、持ってますよ」

あるとき誰かに貸したのをきっかけに、スズキは薄いのを常備しているらしいということが広まり、話したこともない社員がいきなり編集部にやってきたりした。私の感覚だと、どこかの誰かの死は半年に一度訪れた。しばらくしてそのペンもどこかに行ってしまった。


不祝儀袋を買った帰り道、お寺の参道に面した古い文具店の前を通った。二月の寒さのなか、換気対策なのかすべての窓を開け放している。五時をまわっていたはずだが、店内は蛍光灯と外の光の境を感じさせず、ずいぶん日が長くなったと感じた。

店先に子ども向けの工作道具――画用紙や折り紙、クレヨンなど――がきれいに並べられているのを見て、この際だから、子どもたちの遊びのものをまとめて補充してしまおうと、ふと店内を見渡したそのとき、ガラスケースに並べられた不祝儀袋が見えた。

その店一番の高台に、ちぃんまりと掲げられている。ほこりをかぶらないように、それから、簡単に手にとったりひっくり返したりできないように、上等の場所に置かれているのだろう。

そのガラスケースを背後に従える形で、店番のおばあちゃんが座布団に丸まっていた。招き猫の後ろに控えるは不祝儀袋。おかしいような、ぎょっとするような、思わず足を止めさせる光景である。

よく見ると、店内のすべてのものが、おばあちゃんを中心に並べられている。銭湯の番台よろしく、おばあちゃんには客の一挙手一頭足が見えるのだ。

このとき、どうしてそんなことをしたのか自分でも分からないのだけれど、

「あそこの、ひとつください」

ガラス棚を指して声が出た。

おばあちゃんは、あらまぁとか、お若いのにどなたが——といったことを口の中で転がしながらガラス戸を開け、くるむような手つきで不祝儀袋を取り出した。ここにもひとり、どこかの誰かの死を悼んでいるひとがいる。ひとの死というものに対する、このおばあちゃんの畏れと慣れの両方を感じたのだった。

後日談がある。結局は富山に住む母が香典を立て替えてくれることになり、私の手元には二枚の不祝儀袋が残された。ふたつもどうしたものか。知り合いの顔が上から思い浮かんでは、いやよせ、頭を振る。

せめてもの居場所を。ビニール袋にきちんと戻して、数珠や服紗をしまってある冠婚葬祭用の抽斗にしまうことにした。ところが、である。古簞笥の引手にひとさし指をかけた瞬間、ちらりと光るものがあった。抽斗が開くにまかせ、銀色に縁取られた立派な水引が、つぅと

滑り出てきた。

いつ誰のために用意したものなのか、何度考えても思い出せない。死の香りは、こんなにも近くに眠っていたのである。

桜の木、檸檬の木

出会ったとき、夫はすでに神奈川の郊外に家を持っていた。家族や所帯というのではない。ガレージつきの一軒家を独身ながら建てていた。

とにかく車が好きなのだ。欲しいのは好きなだけ車いじりに没頭できるガレージなのだが、ガレージだけというのはなかなか販売されていない。どうしても家がおまけにくっついてきた。そういうことらしかった。

私は富山の高校を卒業してからずっと、東京の小さなマンションでひとり住まいだったから、まずその家の大きさに圧倒された。ガレージの大きさと家の広さというのは、たいてい比例している。出張が多かった夫が、家を出て空港に向かってしまうと、急に心細くなり、あらゆるところに不審者に入り込まれる隙があるようで身構えた。

朝、空気を入れ替えようと窓を開けると、空を裂くようなサイレンが鳴る。空き巣を心配した夫が、すべての窓に防犯ブザーを付けたままにしていたのである。それらを解除するのに、朝から汗をかいた。こうして、私のほうが家に服従させられて、結婚生活というものをはじめたのだった。

従っていたのは家だけではなく、その土地にもだった。

その街は、都心で働く男たちを念頭において開発されたベッドタウンで、小さな子どもがいる核家族が集まっていた。丘とか幸せとかいった文字が踊る新しい土地で、私は引っ越してしばらくは身の置き場に困った。

朝ゴミを出しに行くと、近所の女性たちが車座になっている。そのなかの何人かは、同じブランドのバッグをぶら下げていた。私が出かける時間帯になってもまだおしゃべりに興じているという風で、好奇の視線のなかを低空飛行で突っ切って、私は出勤した。

またあるときは、回覧板を届けに隣の家にうかがったら、

「お子さん、まだ？」

これが噂に聞きし無遠慮か。腹が立つような、新しいネタを得たような、妙な気分になった。

ひとり暮らしの男のもとへやってきた、新しい女。もの珍しい旋風であり、小さなノイズのような存在だったろう。

しかし、何より私を悩ませたのは、通勤時間の長さだった。長いだけならまだいい。首都圏の電車特有の相互乗り入れの影響で、とにかく電車の遅延が多かった。

あるとき、朝いちばんの会議のために、いつもより早く家を出た。その頃にはもう遅延と

の化かし合いに麻痺してしまい、家を出る時間がどんどん早くなっていた。そんな日に限って電車はちゃんと止まり、私は遅刻した。午前中だというのに、一日働いた気分だった。いつか必ず引っ越そうと胸に誓ったのは、このときだ。

長女が生まれたことをきっかけに、東京都内への転居を決めた。結婚して四年経ち、お金を使う時間もあまりなかったこともあって、少しだけまとまったお金もできていた。

「この街から出たいんだけど」

食卓で夫と向き合い、頭を下げる形になった。

このことを聞きつけた母には、珍しくずいぶん叱られた。男のひとが家を買うなんて、一生に一度あるかないかの決断なのに、それをあなたのわがままのために手放させるなんて、甘えるにもほどがあるという。

人生の一時期に引いた設計図を、そのあと出会ったひとと協力して引き直す作業をすることは、そんなに責められることなのだろうか。

「私だって働いてきたんだから、楽になるように自分のお金を使って何が悪いの」

母にこう反論した。

楽という字は、世代によっては怠慢となり、別の世代にとっては自由と同じ意味になる。世代が違えば、理解し合うのは難しい。特に、家事をするひとというのは、楽さを追い求めながらも、いっぽうでは手放すことに罪悪感を抱き、家の仕事を踏み絵にするためらいをずっと続けてきた。たとえば一汁三菜という理想的な食事のスローガン。それを取り上げられたら、立場がなくなると恐れるひともいる。

仕事ばかりしてきた私が夫に差し出せるものは、まず、わずかばかりのお金、それから、仕事への理解くらいしかないではないか。そんな二人が一緒になって、生活を作っていくのだ。それは男と女というよりは、生きていくもの同士の握手と呼んだほうが、私にはしっくりくる。

引っ越すと決めたら、善は急げ。休みを使っては都内の家を見て回った。最終的に決め手になったのは、近所の商店街——街とは呼べないほど縮んではいたけれど——だった。豆腐屋、肉屋、魚屋が身を寄せ合う一角に、私はひと目惚れしてしまった。

夕暮れに明かりが灯り、近所の人が食材を求めに途切れなく集まっては散っていく様子に思いがけず出くわし、ああ、あのなかのひとりに私もなるのだと目を細めたとき、腹は決まった。一度こうと決めたら早かった。中古の家を買い、通勤時間は三十分に短縮された。

買ったばかりの家には、前の住人の温度が残っている。

たとえばリビングのドアノブの少し下に、引っ掻いた跡がある。猫か犬と一緒に暮らしていたのだろう。ドアノブを引けば玄関だ。ご主人様が帰ってくる足音に、はしゃいだのではないだろうか。私はそういうことが妙におもしろくて、ドアを取り替えずそのままにしている。

不動産の登記簿で見た、この家を建てたひとの名前。当初は男女二人の名義だったものが、八年後には男のほうだけになった。互いに達者なままの別離か、死別か。夫婦ではなく親子だったのかもしれないし、共同経営者だったのかもしれない。幸福な理由か不幸な理由かは分からないが、ただ、去るという決意を置いて行ったもの、それが家屋だ。さらにそれから五年後、権利は私と夫の手に渡ったのだった。

南の小さな庭には、桜の木が植えてあった。持ち主はこの地で、今以上に幸せになろうとして、木を植えたのだろう。幸せなときに植えられた木が、そうでない時に植えられた木より健康に咲くかどうかは分からないが、とにかく、越してからしばらく桜は咲かなかった。

詳しい夫が土をシャベルで点検しながら言う、

「この土壌じゃあ、うまく育たないだろうなあ」

私は、前の住人は無知から植えたのではなく、万が一でも咲くかもしれないと木の力を信じたひとだったのではないかと思う。事実、私たちが住んでから三年めに、桜は初めて淡桃色の花をつけた。ヤマザクラだった。

どんなテナントが入ってもうまく行かない物件が、どの街にもあるだろう。看板を替えてしばらくは開店祝いの花が並ぶが、やがて閉店し、今度こそと思うものの、次もまた閉めざるを得ないような店が、ひとつやふたつ。

建物に霊がつくなんてことを本気で信じているわけではないけれど、この家に住むひとはきっと幸運だと確信して、私は暮らしたい。

手放した神奈川の家も、幸せな道を歩んでいる。

家を売りに出そうと決めて、近所の不動産屋に出かけた時のこと。翌日、もう内見希望の問合せがきた。お見せするもなにも、私たちはまだやかましく暮らしていて、なんの準備にも取りかかっていなかった。しかし、ありがたい最初のお客様に、普段のままの暮らしを見てもらうことにした。

その週末、ひとりの女性がランドクルーザーから弾けるようにして降りてきた。聞けば、このガレージに目をつけていて、万が一でも売りに出されやしないか、たまに不動産屋に問い合わせていたらしい。彼女もまた、車いじりが趣味というひとなのだった。

家を売り買いするとなると、お互いに信頼されようという気が働くのか、個人情報もなめらかに出てきた。彼女は、今住んでいる駅前の公団住宅では手狭なことや、旦那さんがアパレル企業に勤めていることなどを教えてくれた。私も、長時間通勤が辛いことや、生まれは富山であることなど、いろんな話をした。

あのとき胸に湧いた、温かい気持ち。それは、互いに味方であるという感覚だったように思う。少なくとも私は彼女に家を買ってもらいたかった。

次の週末、今度は子どもたちを引き連れてやってきた。クリスマスと誕生日がいっぺんにきたような、みなぎっている男子が三人も。私は圧倒されて、しばらく彼らを目で追って黙ってしまった。

夫が植えた檸檬の木を見つけた男子たちは、その木陰に川の字になって、

「ママー、ひなたぼっこできるよ！　ぜったいこの家だから！」

寝たままの姿勢で跳ねている。売り主としては、こんなに心強い営業部隊はない。

私も、彼女も、それぞれの新しい家のむこうに、自分に合う暮らしの形を夢見ていた。彼女は、金額に見合った満足が得られるか、さまざまに見積もっていただろう。

私もまた、東京の家で、どのくらい自由に暮らせるかを冷静に弾いていた。そのためにはまず、神奈川の家を一日も早くこちらの言い値で売ってしまわねばならなかった。だから、抜け殻になった家を不動産屋に案内してもらうより、私の言葉で、檸檬の木や整えた庭のこと、自宅前の小川沿いに生える竹の子といったものを紹介できたのがうれしかった。

その次の週末、ついに初めましての旦那さんもやってきた。

購入の意思決定権は、まずお母さん、それから子ども、最後がお父さん——不動産屋の担当者が「これで決まりですね」と目くばせしてくる。

いくつかの手続きを経て、神奈川の家は彼らの手に渡った。

私たちは一円も値引かなかった。

しばらくは神奈川の家に間違って宅配便が配送されてしまったりした。それをむこうの少年たちがうっかり開封してしまい、東京の家に転送してもらったこともあった。そのお礼にフルーツゼリーを送ってしまってから、あっと思い直し、次は富山のお米を送った。育ち盛りがいる家庭には米に勝るものはなしというのは、こういうときにつくづくＤＮＡに刻み付けられている。

たまに送りあった葉書には、檸檬が実って感動していると書かれていた。スーパーで買うものとばかり思っていたから、と。そうか、あの木が。遠い親戚の子の成長を見るような、不思議な気持ちだ。

その後、どちらからともなく連絡は絶えた。以前の住人に義理立てする必要がなくなったほど、家が自分たちの一部になって暮らしているのだろう。新しい土地の、新しい旋風。力強い、子どもたちの風が、檸檬の木の家を吹き抜けているだろう。

手のひらの東京

東京を知ることは、駅を知ることだ。

大学受験のために上京したとき、一番上の姉が手製の〈東京のしおり〉を持たせてくれた。パスポートほどの大きさのバインダーに、乗り換え路線図を貼り付けたり、駅から受験会場への道順を書き入れた、ちょっとしたものだった。

高校を卒業したばかりの私と、社会人として大都市に出て数年経った姉では、なにからなにまで差があった。富山の田んぼ道しか知らなかった私にとって、蜘蛛の巣のように広がる東京の路線と駅の多さは、初めて出会う大海であり、開拓しがいのある大地だった。

姉のしおりには知恵が詰まっていた。

丸の内線の四ツ谷駅は、地下鉄に分類されながらも地上を走ること（だから、乗り間違えたと早合点して下車しないように、との注意書きが添えられていた）。永田町と赤坂見附は路線図では一見近いけれど、おのぼりの足ではかなり時間がかかるから、乗り換え時間は多めに見ておく必要があること。池袋駅は東口に西武百貨店、西口に東武百貨店があって、方向感覚を見失いがちであること（実際に何度か迷子になった）などなど。

姉の目を通して見た東京を、私は追体験していた。今でも四ツ谷駅を通ると、潜水からぱあっと浮上して息を吸ったときのように、視野が開けるような不思議な、懐かしい気持ちになる。

ジャンボジェットが飛ぶメカニズムよりも、これだけの地下鉄がぶつからずに走っていることのほうが、私には奇跡だった。

当時は、地下鉄路線図を図式化した手のひらほどの大きさの紙が、地下鉄のたいていの駅に置かれていて、私は手帳から大事に取り出してはホームで眺めた。乗り間違えて遅刻しないようにというのがひとつ。もうひとつは、混沌を整理した機能性に対して、そのうえに点在する駅名のなんともばらばらなことに飽きなかったからである。

馬喰町《ばくろちょう》、鶯谷、御徒町《おかちまち》、築地、半蔵門。行ってみたいと思う駅がたくさんあった。路線図が手の中にあるかぎり、この街で溺れることはない。そこに描かれていたのは、私の未来だった。

この路線図が、アートディレクター河北秀也によるものだと知ったのは、最近のことだ。福岡出身の河北は、子どもの頃から鉄道が大好きで、ダイヤグラムを見ると「震えるほど」興奮し、小学校一年のときには、時刻表を完全に読めていたという。当時の西鹿児島駅から東京駅までのすべての駅名を暗記し、東京の山手線の駅名も、上京する前にとっくに知っていたそうだ。

そんな河北でも、東京の地下鉄はなかなか乗りこなせなかった。だったら、田舎から出てきたおばさんやおじさんにも助けになるような路線図を、芸大の卒業制作として作ってみようと思い立つ。

さっそく、〈東京芸術大学交通デザイン研究会〉なるひとり研究会を立ち上げて、名刺を持って営団地下鉄の広報課を訪ねる。

担当者にさまざまな資料を見せてもらい、意気込んで図書館や神保町の古書街で世界中の地下鉄について調べはじめたはいいが、調べていくうちに、一筋縄ではいかないことに気が付く。東京の地下鉄は世界にも例を見ないほど複雑で、そこにＪＲの山手線と中央線も加わり、さらにはそれらが相互乗り入れをしているという難題にぶつかるのである。結局、卒業制作に間に合わせることは諦めざるをえなかった。

本腰を入れることになるのは、大学を卒業してフリーランスになってから。無事に路線図が完成し、累計一千万枚以上が発行されるヒット商品となるまでのいきさつは、著書『河北秀也のデザイン原論』に詳しい。

その後携帯電話やスマートフォンが登場し、乗り換えの検索機能が当たり前になってからは、紙の路線図を見ることはほとんどなくなった。今使っている手帳を何人かに見せてもらったところ、東京の路線図がついていたのはひとつだけ。ためしにネットでも検索してみたが、状態のいい過去の路線図はオークションサイトで高値で取引されていた。あらためて手元に置いておきたいと思う気持ちは、よく分かる。

東京を知ることは、道を知ることである。

四半世紀近く住んでみて思うことだが、路線図を暗記したところで、そして、すべての駅で下車してみたところで、東京を知っているとはいえない。起伏を踏みしめ、その記憶を足裏に蓄積させてもなお、東京は広い。

たとえば原宿駅から表参道駅へ歩くとき。最初はゆるやかな下り坂だが、明治通りの交差点を境に、上り坂になる。逆も然り。表参道から原宿へは、下り、のち、上りとなる。明治通りは原宿に近いから、原宿から表参道を歩くと上りのほうが長くて、ハイヒールを履いているときなんかは気分が乗らない。対して、表参道から原宿は、下りが長いから、天気のいい日なんか気持ちがいい。こういうことは、何度もその道を通って、意識してはじめて分かることだ。

同じことはタクシーにも言える。

編集者として働きはじめた頃、困ったのは道案内だった。運転しないうえに土地鑑もなく、学生時代に身につけた路線の知識はまるで役に立たなかった。主要な通りの名前すらすぐに出てこないのだ。東京育ちで車の運転を趣味にしている同僚が、タクシーの運転手に近道をうまく説明するのを聞いて、こんな芸当は私には到底無理だと悟った。

今でも道の案内は苦手で、

「住所を言いますので、カーナビに入れてください」

路線も複雑なら、道も複雑。ちょっと分かってきたと思ったら、まだまだ。東京は難しいのだ。


複雑だから便利なんだ——こう河北は言う。

複雑さは、歩くたのしみに通じる。

晴れて大学に合格したお祝いに姉から贈られたのは、『建築MAP東京』（TOTO出版）という本だった。

地図を兼ねた建築ガイドで、縮尺は一万分の一。版元の予想を超えて、建築を専門に学んでいる層以外にも広まり、一九九四年の初版以来、二十五万部を超えるロングセラーである。

この本を手にして私が最初に向かったのは、渋谷の宇田川町交番（渋谷警察署宇田川派出所）だった。立地も狭くて不思議なら、斧の形をした建物もユーモラス。それからは、路線図とこの本をバッグに入れて、いろんなところを見てまわるようになった。初めて下りる駅では、事前に本をチェックして、見るべき建築があるか探した。見るだけなら、お金がかからない。在学中にボロボロに擦り切れるまで使い、卒業後は、かつて本を片手に見に行った出版社で働くようになったことは、ご縁だろう。

これまで東京のいくつもの街に住んだ。

いま暮らしているのは、大正末期から昭和にかけて大勢の作家が住んだ一帯で、なかでも『赤毛のアン』の翻訳で知られる村岡花子が五十年近く過ごした地は、徒歩で行ける距離にある。生まれてくる時代が違えば、角を曲がった豆腐屋で、夕飯の買い物にきた村岡と隣り合わせることもあったかもしれない。

縁もゆかりもなかったこの地に、七年前、ひょんなことから住みはじめ、それまで知らなかった作家の作品を読む機会も増えたし、居住地跡をまわってみるたのしみもできた。

村岡は、『赤毛のアン』の最終章「The Bend in the Road」で、アンにこう言わせている。

〈曲がり角をまがったさきになにがあるのかは、わからないの。でも、きっといちばんよいものにちがいないと思うの〉

自分の未来はまっすぐ明らかに見通せるものだと信じていたアン。しかし自力ではどうにもできない曲がり角に直面し、それでも、その先に見えるであろうものを受け入れて生きていく決意を語った場面だ。

作品を通して一番の見せ場で、作者のモンゴメリは、このシーンを書くためにこの物語を綴りはじめたのではないかと思う。

地図を片手に街を歩くとき、曲がり角の手前で高揚感は最高になる。あの角を曲がったら、目指すものがあるはず。しっかり見たあとはまた、次の目当てに向かって歩きはじめる。探しものはなんだって、一本道をゆくものでないことは、もう、じゅうぶん承知だ。

私は、あの、手のひらに載る小さな路線図に句読点を打ち込みながら、歩き回って、東京に関わり続けている。また曲がり角にさしかかることを、怖がってはいない。期待すらして待っている。それは、曲がり角をなんとかやりおおせたとき、やがてそれが笑い話になることを、この街で知ったからである。

同級生

ひとりで食事をしていると、隣の話を聞くとはなしに聞いてしまうことがある。

銀座の寿司屋で夕食をとっていたときのこと。連れだって入ってきた男女の、女性のほうに見覚えがある。

「わたしはお茶で」

声で分かった。大学の同級生だ。

フリーランスのアナウンサーになったと聞いていた。向こうも私を見て、おやっと眉が動いたような気がしたけれど、お互いに声をかけなかったのは、相容れないグループに属していたもの同士のような記憶があったからだと思う。

とにかく声が通る。彼女の連れはなにかの偉いひとであるらしいことや、新しく決まったレギュラー番組のことなど、彼女の近況がひと通り耳に入ってくる。私に対してどこか得意な感じを、その声の抑揚から受けた。

奢られる女と、自腹の女が隣り合っていた。

右を向いては、自分がいかに活躍しているか声を大きくしてみせて、左の男には、おだてて相槌を打つ。銀座の寿司屋といっても、ピンキリのキリに近い気楽な店だ。握りひとつ頼むにも、男の許可がいるなんて。しかもそれを私のような女に見られているなんて。私が彼女の立場なら、ガリの後ろに隠れたくなる。

しかし学生時代から十年の月日が変えたことがあった。それは、彼女への同情と理解のようなものが、私のなかに育っていたことだ。

私がいたたまれなくなったのは、私と彼女の性質の差ではなく、身を置いている場所の違いによるものだ。

私は女性を読者に持つ雑誌の編集を長くしてきたから、取材や撮影でチームを組むスタッフも女性が多かったし、男性も、一緒にページ作りに向かって手を取り合えるひとに恵まれていた。物書きとして仕事をするようになってからは、取材や撮影で会うひとは同じ問題意識を共有していることがほとんどだから、話が早いというか、本来の仕事に集中することができた。

いっぽう彼女の主戦場はテレビやイベントで、意思決定権を持っているのは男ばかりだろう。

かたや彼女とて、ひとりで寿司を食べている私を、不憫に思ったかもしれない。いずれにしても、十年ぶりの再会は後味の悪いものだった。

もうひとり、忘れられないひとがいる。

日本橋に、たまにひとりで行く店がある。

その日、縄のれんをくぐると、カウンターに男女の先客がいた。上司と部下、それも、男性のほうがかなりの上役という感じだった。

女のほうは、上司の盃が空きそうになると、お銚子を持つ手首をクイッと直角に曲げて、次のお銚子をつけてくれるよう頼む。店主から新しいのを直接受け取っては、流れるような所作で上司に注ぎ、続けて、自分もぐいと一杯。なにか企みがある飲み方だなと思った。

彼女の目的は、社内人事情報を聞き出すこと。そしてそれが自分に有利に働くか判断し、さまざまな準備をしたいのだということが、私にもだんだんに分かってきた。

どのような会社かは分からなかったが、社内のひとを形容する際に、

「ああ、あいつか、一橋の九十八年」

出身大学と卒業年がセットで諳《そら》んじられることには、驚いた。多種多様な経歴のひとが集まって働く会社ではなく、新卒採用と終身雇用が一体になった、一枚岩のような組織なのだろう。

杯が進んでもなお、彼女の飲みっぷりは抑制がきいていた。

愚痴が過ぎたと思うとさっと引き返し、上司の家族の近況など聞いてみたりする。陰口の後には、必ず自分が相手をどれほど大切に、客観的に見ているか言い添えて、行き過ぎた批

判のバランスを取ることも忘れない。

上司のほうは、余裕たっぷり。手持ちのカードが多いプレイヤーは、どのカードを見せてどれを見せないか、自分で決められるものである。おいしそうなカードを彼女の前にぶら下げては、気まぐれに取り下げたりする。機嫌よく話しだしたかと思えば、次の瞬間にはもう、わきまえずに話に乗ってきた彼女が疎ましくて、ピシャリと門前払いをする。

こうなってしまうと、彼女は「もう少しいかがですか」と酒を勧めることしかできない。私が知る限り、男は社内政治をやるために、そんなに真剣には飲まない。なぜなら、またいつでも飲みの機会は用意されているからだ。

愚痴、陰口、差しで口、無駄口。飲み屋には四つの口がある。いずれも境界はあいまいで、愚痴は簡単に陰口になりうるし、無駄口を聞かされるくらいなら、切れ味のいい悪口を聞いていたほうが愉快だったりもする。

もうひとつ、無口というものがある。ひとりで飲んでいると、上の四つの口とは無縁でいられる。機嫌のいい無口がそれぞれにお酒を飲んでいる店が私は好きだし、自分もその店の景色の一部になりたいと思う。

彼女がお手洗いに立った隙に、男性のほうが話しかけてきた。

「おひとりでこんなところへ。いいですねえ」

私が小さく会釈をしたら、

「うるさくて申し訳ないね」

と長く息を吐いた。

そのひとがうるさいと言ったのは、女性のことだけであって、まさか自分もそこに含まれているとは、夢にも思わないのだろう。

私は一刻も早く彼女に戻ってきてほしかった。欲しい情報が得られるまで、まっすぐ質問し続ける、諦めない彼女に。

背筋を伸ばして次から次へとお銚子をやっつけていったあのひとの姿を、今も思い出す。


銀座一丁目から八丁目までを貫く通りには、中央通りと名前がついている。

夏の暑さは過酷で、逃れられるパラソルや庇は思いのほか少なく、アスファルトの照り返しが肌を焼く。通り沿いのコーヒーショップはどこも混んでいるから、デパートに逃げ込んで体にこもった熱を冷ます。

約束の時間ギリギリになってようやく、重い腰をあげて再び通りに出る。

その日も、どこか待ち合わせ場所へ急がなくてはとデパートのドアを開けたはずだ。そのとき、よく知っている声が遠くで鳴っているような気がした。

寿司屋でばったり会ったあの同級生が、街頭ビジョンの中にいた。

証券会社が提供する番組で、その会社のテーマカラーらしい青を背景に、真っ白なスーツ姿で日本経済の先行きを解説していた。

寿司屋で耳についた、粘っこい声色ではなかった。湯気が立ちのぼるほど熱せられた目抜き通りに現れた、風鈴のように涼しい姿。私は暑さも忘れて、その巨大な画面を見あげていた。ただ、無性にうれしかった。

白いスーツが似合うひとだった。就職活動中の彼女をキャンパスで見かけたときの、鮮やかな憧れがよみがえった。

新宿ケセラセラ

けっして好きで通っていた街ではない。用が済んだら立ち去ってしまいたいのに、いったん内部に落ち着くと心地よくてたまらない。それが新宿という街だ。

富山から家族や友人が遊びにくると、きまって案内するコースがある。まずパークハイアットの五十二階でランチをとる。東京の昼のフィルターが好きだ。夜景は沼を思わせる。吸い込まれてしまいそうで、ずっとは見ていられない。

ランチのあとは新宿末廣亭に送り届けていったん解散。私は仕事に戻り、夜は歌舞伎町にある上海料理の店で合流する。その店へは、東京に住んでいるひとだって、とてもじゃないけれど一回ではたどり着けないから、たいてい末廣亭まで迎えに行く。買い物が好きなひとなら、末廣亭を伊勢丹に変更。ちょっとコーヒーでもと頼まれれば、駅の向こうへまわって、思い出横丁入り口の但馬屋へ。

地上二百三十メートルから、ビールケースの向こうに野良がじゃれあう路地まで。標高も値段も振り幅大きく案内するのが、私の好きなやり方だ。

新宿にピアノバーというものがいくつも残っていた頃——たしか二〇〇五年頃だ——学生時代からの友人を誘って歌を聴きに行った。

ビロードのカーテンをかき分け、ほこりっぽい店内に滑り込めば、今日最後の曲ですと流れてきたのはドリス・デイの名曲『ケセラセラ』。お客さんも一緒に歌い出しての大合唱に、気が大きくなって友人と肩を組もうとしたら、背筋を伸ばした硬い身体に触れた。

彼女は涙の粒をポロポロ落として、まっすぐステージを見つめていた。夜の新宿、泣いてもいい街。だから何も聞かなかった。二十三時でおひらきになったあとは、画材屋の〈世界堂〉裏にあったラーメン屋に寄って、終電めがけてふたりで走った。決してタクシーを使わない彼女は、着々とお金を貯め、海外に渡ってしまった。

ケセラセラのサビの部分以外はなんと歌っているのか、じつはちゃんと知らないままこの歳になった。

幼い女の子が、母親に未来について尋ねる。私、美人になるかしら？　お金持ちになるかしら？　母親はケセラセラと答える。時が経ち、成長した少女は、恋人にふたりの未来について尋ねる。恋人は、ケセラセラと答える。やがて彼女は母になり、子どもたちに質問される側になる。いつだってケセラセラ——なるようになる。受け継がれた言葉が、彼女の口からも出てくるのだ。

この歌の全体の流れを初めて知り、不遜にも私ならどう訳すかと考えてみたら、ふと〈生まれたからには生きるんだ〉と思い浮かんだ。

そのひとの置かれた状況を映し出す、鏡のような歌詞なのだろう。たとえば第一志望の学校に不合格となった子を持つ親ならば、こっちの学校だってよいもんだと子どもに言ってやるかもしれない。離婚した友人には、むしろこうなってよかったと、声をかけてあげるかもしれない。歌詞など分からなくても、笑ったと思ったら泣いている。泣いたと思ったら笑っている。ケセラセラ。解釈がこちらに委ねられているような、打ち解けた曲だ。


歌舞伎町の上海料理の店には、たくさんのひとを連れて行った。

インド人の知り合いもそのひとり。彼は日本の企業にエンジニアとして勤めていて、同じ会社に勤める女友達をきっかけに知り合った。東京らしいことをたくさんしようと、何人かで連れ立っては、街を歩いて、お酒を飲んだ。

いつも泰然として一歩後ろをついてくる印象があったその彼が、インドに帰るということでお別れ会を開いたのは、記録的な酷暑といわれた夏だった。テーブルいっぱいに並べた小皿も大皿も食べ尽くし、青島《チンタオ》ビールが何本も空いた。

そろそろお会計というときになって、彼がいつまでも席を立とうとしないことに気がついた。深くは酒を飲まないひとだ。お茶して帰ろうかと誘った私に、彼はいつものふわりとした笑いかたで首を振り、こう言った。

「来月、結婚します」

数学の天才と聞いていた。その彼が、両親が星占いで選んだひとと結婚するという。あなたの国では当然のことなの？　会ったこともないひとと結婚するの？　それで納得しているの？　ずいぶん質問責めにした。

「両親も、その両親が占いで選んだ相手同士で結婚したんです。今でもとっても仲がよくて、僕の理想です」

当時彼は二十代半ばだったはずだ。私もそのくらいの歳だったけれど、結婚のけの字もなかった。だから、彼の人生観のなかに、ヒントを見つけ出したかったのだと思う。うんと違う相手だからこそ、ひとはなぜ結婚するのかという真実に近づける気がした。

冬になって、一度だけメールをもらった。

「あなたは僕がこれまで出会ったひとのなかで、いちばん箸を美しく持つひとです」

ビニール張りのパイプ椅子に腰かけて、しょっぱい上海料理を流し込んだ薄いビールの味がよみがえった。

男友達とごはんを食べているときにこの話をしたら、

「I love you を、月がきれいですねって訳したの、誰だっけ。あのパターンじゃない、それ」

日本の黒髪の神秘ですねえ、とにやっとした。

私は箸を持つ手をぱくぱくと動かして眺めてみたけれど、甘い記憶はどこにも見つからなかった。漱石、ピータン、野良猫。なかなか沈まない歌舞伎町の太陽と、すぐにぬるくなるビール。褐色の肌とクセの強い英語だけがぼんやり浮かんで、しかしそのひとの顔は思い出せない。

立派な大学を出て、親が選んだひとと結婚する。それは、彼が守ると決めたことのひとつなのだろう。

生まれたからには生きるんだ。

私が新宿の街のひだをめくっては、奥へ、もっと奥へと危なっかしく渡り歩いていた頃、彼はすでにその覚悟をよく知っていた。

終戦記念日のシュプレヒコール

日も暮れた銀座の中央通りを、私はソワレの裾を持ち上げて走っていた。季節は秋。東京でいちばん過ごしやすい、十月の終わりのことだ。

ソワレは二の腕と背中がむき出しのデザインで、色はワインレッド。服装だけならそのままクラブに出勤してもよさそうなものだが、ホステスはコンバースを履かない。おまけに、胸には十三人分の焼き鳥を抱えていた。

その夜は女だけで集ってカラオケ大会をすることになっていて、八丁目の博品館裏にある「夢」を意味する名の店へ、私は急いでいた。仕事を十八時で切りあげ、デパートのトイレで着替えて髪をセットし、映え目的で買ったおもちゃみたいなアクセサリーをつけるという慌ただしさ。さっきまで編集部で校正のゲラをひっくり返していたのが、かえっていいウォーミングアップになっていた。

お店に着けば、発注してあったシャンパンが冷えている。駆けつけ一杯の人参を鼻先にぶらさげ、私は走った。金曜の目抜き通りは、タクシーに乗るより走ったほうが速い。銀座という街は、ひとに一定の歩行速度を強いるような性質があって、あまりにものんびり歩くことも、小走りすることも許さないような構えがある。つまり、私はひとりだけおかしな速度で移動している人間だった。

カラオケといったって、私が幹事を務めるからには、端末をピロピロ押して選曲するようなやわなもんじゃない。事前に曲目を決めてセットリストを組んだ〈競技〉と呼ぶべき会で、ドレスコードはソワレ。ハロウィンが近かったので、仮装も可とした。

その頃私はすでに二児の母親だった。なかなか家をあけることができないからこそ、出かけるときはとことん遊ぶことに挑んでいたようなところがあったし、たのしみを把握していたくて、率先して幹事を引き受けた。

歌は楽しい。

子どもの頃、日曜の『NHKのど自慢』を欠かさず見ていた。歌は完璧に上手ければよいかというとそうではないことや、ひととなりの溢れ出ている歌は愉快であることなど、あの番組から学んだことはたくさんある。大学進学を機に上京してからは、いくつかの店とご縁ができ、歌うことに熱中するようになった。生演奏で歌える店もあったけれど、ひとつ、ふたつ、そうした店は東京から消えていった。

歌うのも好きだし、聴くのも好きだ。たとえ歌詞に描かれる世界を経験していなくても、言葉とメロディの力で物語に便乗させる用意が、歌にはある。

キューバのトリニダという古都を訪れたとき、ハバナ発の長距離バスのラジオからビートルズが流れてきたことがあった。私はとりたてて大ファンというわけではなかったけれど、たいていの曲を口ずさめるくらいには知っていた。
『イエスタデイ』も『レット・イット・ビー』も、感情にまっすぐ踏み込んできた。強がって壊してしまった関係や、自覚しながらも傷つけたひとのこと。心の無数のざらざらした部分と歌詞が共鳴して、どうしようもなくセンチメンタルになった。私とビートルズでは、なにからなにまで違うのに、彼らの残した作品は胸を衝く。それも、思いがけないところで、思いがけないときに。

それを普遍性と呼ぶのだろう。バスに揺られていたときの私は、確かにビートルズを自分なりの方法で味わっていた。ビートルズをなかだちにして、自分と対話していたのである。

異国のひとり旅でもそうなのだから、気の置けない女友達と歌う時間は、最高に浮き立つことのひとつである。

銀座の小さなビルの小さな一室を、二十代から五十代までの十三人の女が占めていた。シャンパンがあり、焼き鳥と野菜スティックがあり、ちまちまとかわいらしく銀紙にくるまれた乾き物があった。店の隅には古いピアノがあり、窓はなく、店のマダムは何歳なのか、どの電車で銀座にやってくるのか、昼間は何をしているのか、ミステリアスなひとだった。そんな一切合切を含めて、銀座に咲く夢なのだ。

『勝手にしやがれ』からはじまった宴は、『モンキー・マジック』で全員が踊りだし、『スイート・メモリーズ』がはじまると一転、ソファに沈みこんで、それぞれの胸にある懐かしい痛みを味わっていた。

高田みづえの『私はピアノ』に続けて、イーグルス『デスペラード』の弾き語りがはじまると、芸達者な女友達がうらやましくて、もしもピアノが弾けたなら——と歌いたくなった。

私のソワレは、十八番の『ワインレッドの心』(安全地帯)のためのもの。あとで写真を見たら、白いバラを一輪持って歌っていた。誰かが買ってきてくれたのだろう。でも、いったい誰が。

マダムのピアノ伴奏で『津軽海峡・冬景色』がはじまる頃には、セットリストを歌い尽くし、ひとの選曲に触発されて返歌を捧げるという、また別の歌遊びがはじまっていた。こういうとき、スカしてる女だったらそもそも仲良くなってない。照れるとか、遠慮するなんてしていたら、朝になっちまう。

歌う体力がいったん底をついても、おしゃべりは別である。

誰かが、

「もう二十九になってしまいました」

と言えば、逃さじ、

「まだまだこれからよ」

五十代から優しい野次が飛ぶ。

さっき切ない恋の歌を熱唱したばかりのひとの、不倫未満の恋の独白に、

「なるほど、それで……あの選曲」

場がどよめいたかと思うと、

「ああ、うらやましい」

こうこぼす吐息が私の背中にかかり、はっとして振り返る。

「そうなのよ。うらやましいのよ」

こうなるともう、やかましさは収拾がつかない。女は、おしゃべりの中に自分を見ている。ほかの女の暮らしぶりを鏡にして、そこにわが身を映し、自分の居場所を確認する。

ざわめいているようで、時間が止まって見えるような瞬間が、酒の席では何度かある。幹事としては、これを潮時と引き上げるべきなのだ。気がつけば、マダムはハイスツールにべったり正座をしてお茶を飲んでいた。

マダムのところへ近づいていって、

「今日はお世話になりました」と言えば、「あら、もう？　もうちょっとゆっくりしていけばいいのに」と返ってくる。このときにお開きにするのが、いい。

夫に家を任せてきた手前、いくら金曜とはいえ、終電を逃すまで飲むのは気がひけた。

みんな長く働いている女たちだ。いざお開きの号令がかかると、ゴミの片づけから会場撤収まで、ばっさばっさとやっつけていく。

銀座の記憶の奥から、もうひとつ、別の夜がよみがえってくる。

二十年近く前のこと。その店は白金と目黒の間の地下にあって、カラオケパブという看板を掲げていた。昔はダンスホールとしても営業していたという、大きな箱だ。

突然の大雨に打たれた夏の夜、私は女友達と飲んだあと、タクシーでその店に向かった。スカートの裾をハンカチで拭きながら階段を降りていくと、歩みを進めるたびに、くぐもった軍歌がずしん、ずしんと響いてきた。

「あ、今日、終戦記念日だ」

友達の誰かが、ぽつんと言った。

重い扉を開ければ、宴の真っ盛り。歌っていたのは、かなり高齢の男性グループだった。

私たちは手前のボックス席に落ち着き、自然と、ふたつしかないボックスシートのこちらとあちらで品定めし合う構図になった。

何を歌おうかとはしゃいでいたそのとき、あちらのひとりが立ち上がって言った。

お前たちはァ　戦争を知っているのかァ
子どももォ　生まないで、エー
こんな時間まで　なァにをしている

みっともないとは思わんのかァ

水を打った静けさというのは、あのこと。ミラーボールが、全員の肌に順繰りに銀の鱗を散らしていた。

「あのー、ちょっといいですか」

そのとき、こちらのひとりがこう声をあげた。ホームルームで遠慮がちに発言するみたいに、顔の横で小さく手を挙げて。

初めて会ったひとに
そんなこと言われる筋合いないです
じゃ聞きますけど
こんな国にしたのは誰ですかって話ですよ
頑張って働いて、税金だって払ってます
たくさん、払ってます
一生懸命生きてるのは
みんな同じじゃないですか

一生懸命生きてるのは、みんな同じじゃないですか——私は今まで、こんなふうに言えるひとを見たことがない。当時彼女は三十代半ばで、すでに会社を興していたから、特に、たくさん払ってますという箇所は心からの叫びだったろう。

彼女には怒る瞬発力があった。そのことを思い出すたびに、私は恥ずかしくなる。当時の彼女の歳をとっくに追い越したが、私はいまだに怒ることができない。

(目くじら立てても、仕方がない)

(大人気ないと思われたら、どうしよう)

ひとりでぐるぐる気にして、結局布団の中まで持ち帰ってしまう。

怒るべきにときに怒らないのは、ときに無知よりたちが悪いと分かっているのに、自分かわいさに、衝突することから逃げてしまう。それでいて、どこかに代弁してくれる強い女はいないか、探してしまう。見つかれば拍手をして、

「私もそう思っていたの」

ずるいと思う。

終戦記念日の夜の、ここから先は文筆稼業失格。あとの展開をよく覚えていない。男性のお叱りはごもっともで、酔っ払って、まったくみっともない。

勇敢な女友達が口火を切ってくれたことが、あちらとこちらの架け橋になったことは間違

いない。薄い水割りやマスターの横顔など、記憶の断片がいくつも点滅しては時系列を前後し、気がつけば我々とおじいちゃん御一行はチークタイムに入っていた。ポマードの香りが鼻のすぐ先にあったことを、よく覚えている。出会い頭のシュプレヒコールが、どうやってチークダンスに収束していったのか。その魔法の流れを見逃したことが、くやしい。

何曲かデュエットもした。歌いに歌って地上に出たら、雨はやんで、街はすっかり洗われていた。

思えば、銀座の夜も、目黒通りの夜も、最後に歌った曲は尾崎紀世彦の『また逢う日まで』。いずれも大合唱の大団円。

作詞は阿久悠、作曲は筒美京平。互いに傷つき、すべてをなくすから——こう言ってひっこめられてしまった真の〈別れの理由〉は、どこで成仏させられるのか。歌い終わってしばらく経つときまって、ふとそんなことを考える。

尾崎紀世彦がダイナミックに歌いきった力強さが、全員のイメージの下敷きにあるからだろう、二度と会わない決意を歌った物語と知りながら、それでも笑って歌いあげることのできる、強度のある曲だ。

タッタッタラーララッ

タッタッタラーララッ

いつか笑い話に変わる結末が、有名なイントロにはすでに仕掛けられている。あの夜、戦争を生きたひとの胸と、よく遊びよく働く私たちの胸の両方に同じ火を灯した歌の力を、あらためて思う。

叱るという字、裁くという字

見知らぬひとに叱られたことがある。

いくつか前の冬、ひどい風邪をひいてしまったことがあった。しかしどうしても進めなくてはならない仕事があり、会社へ資料を取りに行くことにした。紙のまま残しておいたのが恨めしい。ピックアップしたらすぐ帰るつもりで、地下鉄に乗った。

出てほしくないところで必ず出るのが咳だ。車両の端に身を隠すような形で、マスクを押さえながら、私は体をくの字に折って耐えていた。

目的の駅まで二つか三つというところで、斜め前に座っていた女性がすっと立ちあがった。

「そんなに咳をして、出かけるのをおやめになったら！　あなたね、迷惑ですよ」

ぴしゃりと言ったきり、そのひとは電車を降りた。

自分のことを言われているのだと気がつくのに少しかかった。平日の朝の車内には、困惑と好奇を含んだ沈黙がしばらくあり、私は誰になにを言えるでもなく、だまってうつむいていた。その間にも乾いた咳がせりあがってきた。

そのひとは、いつ言おう、いつ言おうと思いながら、降りる直前になってしまったのかもしれないし、言うだけ言ってすぐに降りてしまえる停車直前を選んだのかもしれなかった。これが舞台なら、噛まずに口上を歌いあげて暗転、幕が下りる。時間もきっちり仕上がり、完璧な退場である。

もし私が男だったら。年配のひとだったら。彼女は同じことを同じように言っただろうか。そう思ったのは、いささかでも、彼女の態度を不服に感じていたからだろう。

この話を書こうと思ったのは、あのときの状況を思い出させることが、私の身にも起こったからだ。

ある冬の日、私は息子を迎えに保育園へと向かっていた。

見慣れた十字路にさしかかったとき、左から一台のワゴンが近づいてくるのが見えた。右折、つまり、私が歩いているほうにウィンカーを出し、減速して一旦停止の準備に入っていた。

こういうとき、相手の目を見て〈私はここにいます〉と意思表示するのが、教習所で習う自分の身を守るためのひとつの方法だ。運転手の顔を見たとき、彼が手元の紙切れのようなものに視線を落としているように感じたが、いや、こちらに当然気がついているだろうと楽観して、私は交差点を渡りはじめた。迷う時間は一秒もなかったと思う。

次の瞬間、運転手は一旦停止をしないまま右折をしてきた。つまり、私に向かって進んできたのである。驚いた私はあとずさってバランスを崩し、マンションの塀に軽く肩をぶつけてしまった。そのとき出たらしい大きな叫び声が、別のひとの声を聞くように響いていた。運転手は急ブレーキを踏み、「すみません」と「大丈夫ですか」を繰り返しておろおろするばかりだった。

体勢を立て直した私は、

「危ないじゃないですか！　どこ見てるんですか！」

ドラマでよくある怒鳴り声が、本当に自分の口からも出てきた。敬語だったのがせめてもの理性。怒鳴れるほどだから、無事だし、なんならかなり元気だ。

いくつか言葉をやり取りし、再び保育園へと歩き出したはいいが、あとから震えがきた。これがもし、打ちどころが悪く、倒れたところを踏みつけられていたら。息子と一緒に歩いているときに、背後から轢かれていたら。

運転手に危なっかしいところがある場合は、できるだけ離れて様子を見守る――いつも心がけていることが、慌ただしい時間帯だったということもあって、できなかった。

無事に息子を引き取って、来た道を戻っているとき、私はふと、男性の気の弱そうな声を聞いて、安心して怒鳴ったのだということが、胸の霧が晴れるように分かった。言い返してこないと踏んで、叱ったのだ。もし高級車だったら。大柄で屈強そうな男のひとだったら。どうしていただろうか。

もちろん、交通ルールを破っているのは運転手だ。しかし、死角に入っていて見えなかったのかもしれない。夕暮れは交通事故が多い時間帯のひとつだし、特に冬は、暮れそうで暮れないというふうではなく、幕が急に下ろされて夜がやってくる。その暗さに目が慣れず、見落としてしまったのかもしれない。肩をぶつけてもなんともなかったのは、分厚いコートを着ていたおかげだ。夏だったらいったい？　それに、働いている親というのは、たいてい同じような時間にあの道を通るから、怒鳴った姿を子どもの同級生の親の誰かに見られたかもしれない。

息子と手をつないで歩きながら、考えれば考えるほど、恥ずかしいような、情けないような気分になった。

しかしあのとき、私に〈裁きたい〉という気持ちがあったことは、間違いなかった。それを、いつかの冬の日の地下鉄で会ったあのひとと、重ね合わせたのだった。

ひとは譲れない何かを脅かされたと感じるとき、強く反応するものだ。私の場合、仕事帰りに急いで子どもを迎えに行くという状況が、気を荒くさせていたのかもしれない。同じことが、たとえば銀座をぶらぶらしてデパートに向かう途中に起きたら、あそこまで怒らなかったと思う。

地下鉄のあのひとも、閉ざされた車内で、風邪のウイルスをうつされでもしたらたまらないという思いと、周囲に迷惑をかけている見苦しい女を、多くの人の前で叱りたいという正義感のあるひとだったのだろう。席を立って私から離れるのではなく、表明することを彼女は選んだ。

叱る。いかにも、口から刃物が飛び出して、縦横に斬りつけるさまが浮かぶ。

裁きたいという感情は、けっして長続きしないものだということも、この出来事をきっかけに知った。〈裁く〉という字は、ひとがひとりで抱えて歩くには大きすぎるものだという気が、どうしてもしてしまう。うまく飼いならせていると思い込んだが最後、それは、正しさという魔物になって、ひとをのみ込んでしまう。

のみ込まれたことを知るのは、鏡を見たときである。もちろんこれは比喩。鏡となるような他者との語らいに、希望があるのではないだろうか。そう思って、ここに共有する。

日記

二〇一七年八月の日記に、こんな一行を見つけた。

〈仕事の合間に子育てをする生活は嫌だ〉

何が引き金となって気持ちを吐き出したのかはもう覚えていないけれど、出版社に勤めていた頃は、二月と八月を楽しみ半分、残り半分を恐れながら迎えていた。

ファッション誌の編集者にとって、春と秋の特大号は目が回る忙しさで、気力と体力に鞭打って突き進んだ記憶ばかりが残っている。このときも八月病に罹っていたのかもしれない。また別の季節のページには、仕事で抱えていた悩みについて切々と綴られていた。しかし、二か月後には状況は変わってしまっていた。ストレスの元が、私の前からあっさり去って行ったのだ。

ページを埋め尽くすいくつもの小さな迷いや不安も、今となっては消滅したり、別のものに姿を変えたりしている。あれこれ考えたところで、抗えない流れのなかに私たちは常に漂っていることを、日記は証明してくれる。それが自分で書いたものだからなおさら、本当の手触りがある。

一番好きなページは、長男を生んだ二〇一五年九月の最終週のあたり。

陣痛の合間に、私はメモをとっていた。前の年に長女を生んだあと、日に日に出産の体感を忘れていくのが寂しかった。熾烈な痛みを忘れる力が備わっているからこそ、ふたりめを生めたわけだけれど、あの頃を言葉で残しておけたらよかったのにと思っていた。だから、産院へもっていくバッグの中にノートとペンを入れるのを忘れなかったのだ。

陣痛というのは痛みがずっと続くわけではなく、数分おきに激しい痛みと平常が繰り返される。その間隔がだんだん短くなると、子宮口は全開になり、いよいよとなる。

平常なときに、四つん這いになったり、立ったままだったりしながら、私はメモを取った。筆跡は跳ねて、はみ出て、大騒ぎである。

いたい、いたい、いたい、こわい
ぐ、ぐぐ、ぐ
体がバラバラになる、骨が飛んでく

無事長男を生んだあと、分娩室で休んでいるときにも書いていた。

うんだうんだ　わたしがうんだ
潮のかおり
みっちりつまった果実

目を閉じて鼻腔に意識を集中すると、あの時の血と羊水の匂いがつかまえられる。胸には赤ん坊の重量と肌の手触りが、何度でもよみがえる。

出産の異常な興奮のなかで、何が私に言葉を選ばせたのかは分からない。分からないから、おもしろい。

だからこそ、日記は紙に書くべきだと思う。キーボードに慣れた指は、思考よりも先に慣性でフレーズを作り出してしまう。それっぽさを打っては消去し、また打っての繰り返しは、核心に近い言葉を探し出す集中力を奪う。そうやって見つけ出した言葉も、書いてしまえば過去になる。


こうして続けてきた日記を、私はどこかに隠すこともせず、見えるところに放り出したまま出かけたりする。

なぜそんな大胆なことができるかといえば、日記には決して書かれないこと——胸にしまった秘密があるということを、私自身が誰よりも知っているからだ。読みたければどうぞご自由に、そこにもう私はいませんがね。

墓場までもっていくような、暮らしを転覆させかねない秘密など私にはない。ただ無数の、人生に期待しては諦めた小さな傷を、秘密と呼んでいるまで。

しかし、夫が私のノートを開くことは恐らくない。そのことが希望なのか絶望なのかは、分からない。長く付き合っていながら、自分というものはなんと不可解な存在だろう。


ここまでは紙の話。

私のホームページを見たという姉が、最近、電話をかけてきた。

「日記」というカテゴリーがあることに驚いて、思わずかけてしまったという。

ブログでも身辺雑記でもなく、日記。姉にとってそれは、心の奥底までを打ち明けた、ひとが気安く読んではならないもの。それを公開して大丈夫なのかと、心配してくれたのだ。

読んでもらいたいから書くのである。事情によっては個人情報を脚色したり、時系列を前後させていたりもする。真実だけを書かなければならないとも、私は思っていない。

過去を遡って読んでみると、こんなふうに感じていたなんて自分勝手だなと思うこともある。小さな不平に対してずいぶん鼻息が荒いと驚くこともある。

それでもなぜ、ウェブサイトで日記と名付けたものを書くのか。

書かずにはいられないからだ。こんなことがあったんだけど、あなたはどう感じるだろうか——誰かひとりにでも届けばいい。ボールを投げてみたいのである。

それをブログではなく日記と呼ぶのは、明日もなんとかやっていけるように、今日を締めくくりたいという小さな祈りがあるのかもしれない。

一日の終わりに創造主に祈る習慣がない私は、日記を祈りに代えている。

それは、紙に書いた内省の祈りとは違い、物を書いてお金をいただくようになった者としての、開かれた祈りであるように思う。

ただ白いクロスを汚したくないだけ

年に二、三度、女友達にＬＩＮＥする指がどうしても止められなくなる夜がある。きまって、心がぺしゃんこになっているときだ。

ＬＩＮＥの文面が素っ気なさすぎると非難される私にしては珍しく、いくつも改行をして熱量のこもった長い文章を打つ。心の中身をぶちまけるのだから、せめて、前後の文脈はおかしくないか、言いたいことと文面が合致しているか、できるかぎり冷静に校正してから送る。

気がかりなのは、忙しく働いている友達の夜の時間を奪って、迷惑をかけやしなかったかという一点のみ。だから、既読に変わってから、

〈ねえ、飲みながら話さない？〉

ワインのスタンプつきでこう返信が来たら、松明《たいまつ》がぽっと灯されたような気持ちになる。どうして私が求めていた言葉が正確に分かるの。それは、相手の胸にも同じ感情の糸が、多少なりとも巣を張ったことがあるからだろう。

〈ありがとう、いつにしようか〉

こうしてLINEは日程調整の段階に入る。

相手が男友達では、こうはいかない。少ない言葉でもトントンと事が進むのは、長年の女友達だからこそだ。

日程が決まったら、彼女に会える日を楽しみに待つ。胸に抱えた思いを誰かと分かち合うことが決まっている日。それは、将来の約束をした恋に似ている。なんとか互いに時間を捻出しようとする姿勢なんか特に。

こうして再会が叶った女友達と、しかし、私は先日のLINEと同じ内容を話すことはほとんどない。彼女に会うまでの十日なり二週間なりの猶予の間に、自分で投げかけた問いを考えに考え、納得できる答えを見つけておく。彼女に話すのは、その思考の過程と、なにを発見したかだ。

じっと聞いていた彼女は、

「思ったより元気そうで安心した」

こう言ったあと、文面からはもっとシリアスな状態を想像していたけれど、さすがあなたねとも言った。それから、LINEをきっかけに彼女が考えたことや、共有しておきたいと感じたエピソードを、二つ三つ、話してくれた。それらはとても刺激的で、おもしろい夜になった。

私はただ、彼女と向き合ったテーブルの、糊のきいた白いクロスに、汚い言葉を並べたくなかった。それを彼女に掃除させたり、散らかしたまま二時間を過ごしてしまったら、自分が嫌になっただろう。それに、レストランのクロスは、つまらない夜のために美しく整えられるのではない。


さすがあなたねという言葉に、別の女性を思い出す。

長女を生んで三、四か月経った頃、年上の友人が家の近くまで遊びにきてくれた。

「久々に海を見たいと思ってたのよ」

彼女はこう言って、二時間近くかかる距離をやってきた。子どもがいるほうの都合に、子どものいないほうが合わせざるを得ない状況で、こうして自分から口実を作ってくれるやさしいひとだ。

港が見えるホテルで食後のお茶を飲みながら、それにしてもさ、と彼女が切り出した。

「あなたがオムツや母乳の話だけの女になりさがってなくて、ほっんとに、うれしい」

だって普通、女のひとって、子どもを生むとさぁ——こう続く彼女の話を聞きながら私が考えていたことといえば、おっぱいが張ってきたなあ、まずいなあ、よりによってなんでグレーのカットソーを着てきたのだろうということだった。でも胸に視線を落としたら、きっと見透かされてしまう。意識して口角をあげ、白ワインを飲んだ。今日は授乳は休業なのだということも、彼女には言えなかった。

このときはまだ、そのあと何人もの女友達から同じ言葉をかけられることになるとは、思いもしなかった。ただ、〈なりさがる〉という言葉の強さに圧倒され、彼女が年上だったということもあって、判定された気持ちになった。

なりさがったら、それがなんだというの。おっぱいとオムツは確かに私の日常の大部分を占めていることなのに、それを言いつのることがみじめだと判定されるなら、私が見つけた機微は誰と分かち合えばいいの。「おっぱい」を経験していないひととは、分かち合えないの——たくさんの「なぜ」が思い浮かんだ。

なかでも一番大きかったのは、初めて子どもを生んだという圧倒的な感動を、彼女に話せなかったことだ。〈なりさがる〉を最終通告として、私はこの体験について出産経験のないひとの前で語ることから降りてしまった。でもそれは、けっして悲観すべきことじゃない。海を見た彼女とは、赤ちゃんの世界以外にたくさん話したいことがあった。一緒に政治家を腐したり、彼女の新しい研究分野について聞けたことで、私は新鮮な風を取り込むことができたのだから。

しかし、これだけは言える。男が家で粉ミルクを溶いてくれているおかげで、目の前に座る友はおっぱいやオムツから自由になれる。なりさがってしまう女には自由がないし、それは彼女の資質の問題ではないのだ。

特別な体験をした女友達と久しぶりに会うときの、距離の取りにくさというものについて書いてみたい。それも、婚約や出産、なにかの受賞など吉事のあとで会うときの、もうひとりの女の心の持ちようというものを、考えないわけにはいかない。

うれしさや興奮を巻き散らかされる場というのは、基本的には、つまらないものである。上等なお酒で乾杯こそすれ、めでたい話にまつわる報告は、二皿めの前菜が運ばれてきたタイミングでおしまいにするべきだろう。相手から切り上げることはできないのだから、こういうことは、当事者が率先して幕引きをしなくてはならない。

二皿め以降は、ふたりでゲラゲラ笑った過去の話や、ふたりがこれから叶えようとしている未来の話をしたい。そんな話題なんて見つからないというなら、互いに歩み寄って探さなくてはならないし、そもそも歩み寄れない相手なら、時間を作ってまで会う必要があるだろうか。

それに、お祝いの席を設けてくれただけで、私はうれしい。相手の思いをじゅうぶん受け取っている。テーブルクロスの上に散らかした愚痴の掃除のために、女友達をこき使うべきではないのと同じくらい、輝かしい自分語りで埋め尽くすのだって、戒《いまし》めたいことだと私は思う。

別のある友人は、普段からあまり愚痴っぽいことを言わない私のことを、

「気丈だよね」

と言った。もっと悩んでいい状況なのに、どうして他人事みたいにしていられるの。すごいとは思うけど、なんか冷たい感じがする、と。

彼女のこれらの言葉はすべて、

「じつはあのとき、こんな大変な出来事があってね」

笑い話にできるまで時間が経ってからの回想を聞いて、語られたものだった。

気丈を辞書で引く。

女性や子どもの心の持ちようがしっかりしているさま、とある。

確かに、大人の男性には使わない表現だ。たいていは、

〈シングルマザーとして気丈にも三人の子どもたちを――〉

〈気丈にも喪主として――〉

などといった文脈で、辛い境遇にある女性の健気な姿を表すのに使われる。

一見褒められているようだが、待てよ、女というものは本来不安定で感情的な性質であるという前提があるからこそ、性根に逆らって立つ姿を讃えられてきたのではないか。哀れみをもって愛でられてきたのではないか。

悩みというのは、極めて個人的な、人生の計画に根ざしている。私は、芽生えた悩みをねえ見てよと拡散するのではなく、悩む自由を味わっているのだろう。味わいを確かめているのだろう。それによってひとと距離とやらが生じても、それはそれで構わない――こう思っ

ていることが、ひとつ発見だった。

気丈とは、白いテーブルクロスの上に何を置くかを自分で決め、主体的に席に着くということなのかもしれない。夜の街へ自由に繰り出す女が増えたことで叶えられたものを挙げれば、この着席に際しての心構えの成熟ということになるだろう。

天敵をもたぬ妻たち昼下がりの茶房に語る舌かわくまで

栗木京子

京都大学在学中にデビューし、注目を浴びた栗木京子。右の歌は、それから十五年経った一九九〇年に出版された二冊目の歌集『中庭《パティオ》』に収められたものである。

十五年の空白の間に、栗木は医師の妻となって息子をもうけ、専業主婦になっていた。自分を含む〈妻たち〉を見る視点に、女とはなにかを問いかける孤独で明晰な意志を感じる。

それにしても、天敵を持たぬ者の舌とは、なんという表現だろう。開きっぱなしの唇から、のべつ幕なしに出てくる言葉、言葉、言葉。私、私、私。うつろな穴がいっそう際立つ。

この歌に心を動かされ、栗木の他の作品集も熱心に読むようになった私が、それからしばらくして『綺羅』（一九九四年）に左の作品を見つけたときのうれしさ。

草むらにハイヒール脱ぎ捨てられて雨水《うすい》の碧《あを》き宇宙たまれり

草むらにハイヒールが脱ぎ捨てられている。一見フィクションのような光景だが、犯罪の匂いがないのであれば、持ち主がすすんで脱ぎ捨てたものと考えていい。

女の足の形に溜まった雨水は、青空を映し出している。裸足で歩き出したのだから、いくつも障害にぶつかっただろう。しかし、足を押し込められていた時代より確実に、女は遠くへ行けるという未来が示される。

ハイヒールの主に、栗木の姿が重なる。この歌のあと、栗木は名古屋での専業主婦生活をやめ、東京へ出る決意をしている。

〈専業主婦時代を経て歌人たちのトップに　栗木京子さん〉

二〇二一年七月、新聞にこの見出しを見つけた。

栗木は現代歌人協会理事長に就任していた。一九五六年の創設以来、初めての女性のトップ。栗木が走って来た長い道を思い、歌を続けてくれたことに感謝する読者がひとり、ここにいる。

いくつもの役割を担い、職場と自宅の少なくともふたつの居場所をもつ現代の女に、舌が乾くまで話をする暇はない。自分の小さな経済があり、戻るべき場所がある。庇護してくれる男のもとへではなく、自身のねぐらへ帰って、明日のために眠るのである。

しかしその寝床では、舌の代わりに、瞳が乾くまでブルーライトを見つめているではないか。古い時代の女たちが茶房にまき散らした言葉を、今度は、液晶画面の海に放ったり、探しているではないか。私が栗木の歌に強く惹かれるのは、言葉を求める女の姿に、時代を超えた同士を見るからだ。

言い足りなかった言葉はいくらでも湧いてくる。その思いを抱いて、また会う日を楽しみに眠りにつく。そんな話し相手がいることが、幸せである。互いの言葉のなかに、互いの姿を認め、何度も背中をさすり合うことができるから。

相手の言葉に静かに耳を傾けるとき、私たちの舌は潤んで柔らかい。

空飛ぶ手紙

一円や二円の切手が、必要なときにさっと取り出せる性質《たち》でありたかった。そう思いながら、家じゅうの抽斗を引っかきまわしている。

料理を仕事にしているひとは整理整頓も上手だというイメージを持つ方が一定数いて、ぜひご自宅の収納術の取材を、と声をかけられることがある。がっかりさせては申し訳なくて、すぐに丁重にお断りする。

今日現在、ハガキと封書に貼る切手がそれぞれいくらか、ご存じだろうか。

ハガキを出そうと郵便局を訪れたときのこと。封書は八十四円というのは知っていても（請求書を郵送することが多いから、忘れようがない）、ハガキがいくらなのか自信がなかった。たしか六十二円だと思いながら窓口に立ったが、

「六十三円です」

こう言われて驚いた。

調べてみると、六十二円だったのは二〇一七年まで。その翌年から年賀状を書かなくなったから、どうりで知らないはずだというか、世間知らずというか。年賀状の習慣をなくして

以来、私は四年間どこにもハガキを送っていなかったのだ。あきれて、肩の力がひゅうと抜けた。

久しぶりにハガキを送りたいと思ったのは、仕事のご縁でお世話になった小さなホテルへお礼を伝えるため。広報のメールアドレスは分かるが、レストランのシェフやフロントのかたのぶんは知らない。手紙は大げさだ。ハガキなら、気軽に回し読んでもらえると思ったのだった。

子どもの頃、ハガキは四十円、封書は六十円のキリのよい数字だった記憶がある。平成元年（一九八九年）、ハガキは四十一円に値上げされた。初めて十で割り切れない端数が出たのは、一九八九年四月の消費税三％導入に合わせてのことだ。

ちょうどその頃、テレビでは『一円玉の旅がらす』という曲が流れはじめた。

一円だって
一円だって
恋もしたけりゃ、夢もある

当時は、擬人化されたカラスが、今日は港町、明日は湯の町へと飛んでいく姿を想像していた。一円玉に羽がついていて、ひとさまの財布から財布へ渡り歩くさまを、鳥を使って表現しているのだと思っていたのだ。一円といえども、無駄にしてはならない、だって私たちと同じように心があるんだから、と。子どもにそう思わせたということは、この歌は商業的な数字以上に、啓蒙に成功したのだろう。

旅がらすが、じつは、無宿渡世人の黒っぽい姿をカラスになぞらえたものだと知ったのは、ずっとあとになってから。本物のカラスは、乱立するビルを木に見立て、高いところからヒトを見下ろしながら生き抜いている。この都会が、彼らの一生の旅の舞台である。

三年前の夏、友人の案内で新潟を旅した。朝一番の新幹線に乗り、滞在は半日だけという短い旅だ。

越後湯沢駅まで車で迎えにきてくれた友人と話すうちに、目の前に広がる景色が南魚沼と呼ばれる一帯であることを知った。なにか思い出しそうで思い出せない、ぼんやりした記憶を抱えながら、心地よく揺られているうちに、それはむくむくと形になりはじめた。

小学生の頃、南魚沼に住む少女と文通をしていた。正確に言えば、統合された現在の南魚沼市ではなく、南魚沼郡在住の少女である。年齢はたしか、一学年上。何年続いたか覚えてはいないが、南魚沼というその字面だけが、急にはっきりと思い出され、つられて、郵便局に切手を買いに行った夕方の通り雨の匂いや、サインペンの角ばった自分の筆跡が、昨日の出来事のように溢れ出してきた。

視野を緑一色に染める水田を見ながら一時間ほど走ると、八海山で知られる八海醸造に着いた。酒蔵を見学したあとは、敷地内のレストランへ。友人の紹介で、八海醸造のスタッフの方も同席し、楽しい食事会になった。

ふと、雑談がてら文通のことを話題にしてみたら、

「名前、分かりますか？　誰かしらつながっていますから、探してみましょう」

地元生まれだというスタッフの方が腕まくりしてくれた。

見つかるといいですねぇと言いながらも、私は飲み比べに熱中しているふりをして話題をそらした。どうしてだか、見つかってほしくない気持ちがあったのだ。

昼酒に軽く酔った頭の中で、ひとつ、後ろめたいことがあったのを、じりじりと思い出していた。

ある日、文通の彼女が一枚の写真を同封してくれた。それまで文面に何度も登場していた、好きな男の子の写真。林間学校かどこかで撮ったカットで、写真の半分がガムテープのようなものを貼って隠してあり、男の子ひとりだけが見えた。

隠されているのは、彼女本人に違いないとピンときた。見たくて仕方なかった。透かしてみたり、いろいろやってみたのだけれど、結局、テープを強引に剝がしてしまった。

渓流を背景にして岩場に腰かけた、体操着姿のふっくらした女の子が写っていた。その姿は彼女の説明とは少し違っていたけれど、私は不思議と、その子らしいなといっそう親近感

をもった。十歳やそこらの子であっても、すでに文体というか、文章から匂いたつその子らしさがあり、それが顔立ちや風貌と合致していた。

大事な写真だから返してほしいというお願いを守って、私はテープを貼り直して送った。子どものやることだから、雑な補修だったに違いない。返事がこなくなったのは、この一件のあとだったような気がする。なぜもういちど手紙を書いてみなかったのか、それとも、何度か送ったのだったか。もう思い出せない。

あの頃、ティーン誌と呼ばれる雑誌の読者コーナーには、たいていペンパル募集欄があった。誰々のファンのかたはぜひ文通しましょうとか、同じ県内に住んでいるひとと友達になりたいとか、いろんなメッセージを見比べながら、手紙を送る相手を選んでいた。今では信じられないことだが、雑誌に住所を載せることは、そう珍しいことではなかったのだ。

そうして見つけ、見つけられた二人の女の子が、胸中をさらけ出して、ずいぶん大胆な言葉を交わしていた。好きなロックバンドのことも送ったけれど、だいたいは、好きな男の子の話や、将来どんなことをしたいかを書き連ねていた。職業や仕事という言葉は、まだ知らなかっただろう。親の知らない世界で、子どもはとっくに雄弁だった。

彼女からの手紙は、ほかの封書より輝いて大きく見えた。その頃すでに、私はいつか必ず遠い土地に飛び出して何者かになると思っていたし、彼女に宣言することで、本当にしてしまえると信じていた。

富山と新潟は隣り同士なのだから、あのまま文通を続けていたら、会えることもあったかもしれない。その芽を摘んでしまったのは、私自身だったけれど。

子どもが字を書けるようになってから、気がつけば、手紙を書くよう促している。もともとは、原稿をノートに手書きする私の真似をして、子どもがぐにゃぐにゃの線を書きはじめたのがきっかけだった。もう、字、書いちゃいなよ。

仲良くしている友人夫婦の子どもや、義理の両親にも手紙を書かせる。小学校にも上がらない子どもの代理をして、大人が通う店で買った贈り物を届けるのは、親の見栄だ。私は、絵を一枚と、そこになんでもいいから覚えたての好きな言葉を添えて送りなさいと言う。それだけでじゅうぶん宝物だから、と。

子どもというのはいつだって集中しているものだ。手紙を書いているときは特に夢中で、くちびるをとんがらせて鉛筆を握り、おでこは紙と平行になっている。

相手に胸の中を届けたいと思うとき、文章の構造は自然と立ち上がってくるということも、子どもから学んだ。誰に習うわけでもないのに、書き出しから中盤、締めの挨拶まで、子どもなりに練って小さな手紙を仕上げる。そこに筋道や起承転結はない。しかし、親には決して書けない跳躍とハミングがある。

もし誤字があっても、私は指摘だけして、あえてそのままにしておく。受け取ったひとは、そこに幼い頃の自分を見るだろう。

なにより、子どもには、手紙を書きあげてもなお、伝えきれないことがあると知ってほしい。それが、顔を見て話したいという気持ちを育てる。

もともとは私も筆まめなほうで、記念日はもちろん、旅先からや、ふとしたときに手紙を送るのが好きだ。レターセットはいろんな種類を揃えているし、珍しいグリーティングカードを見つけると思わず買ってしまう。夫にもたまにごく短い手紙を書く。美術展や展覧会に行くたびにミュージアムショップに寄ってハガキを買い、作品を見た興奮をバッグにしまって帰る。

買ったら満足してしまうのが悪いクセだ。暮らしにかまけ、忘れた頃に抽斗からひょっこり出てくるということを繰り返している。

ハガキ用切手がとっくの昔に値上がりしていたと知った日、私は窓口で思い切って十枚入りを二シート注文した。帰宅してから家じゅうのハガキを集めてきて、切手を貼ってしまった。どれも気に入りのハガキだ。これで思いついたらいつでも出せる。切手を探して慌てることもない。あとは次の値上げ前に投函するだけだ。

新潟から戻ってずいぶん経ち、旅の記憶も薄れかけた頃になって、なんの前触れもなく突然少女の名前を思い出した。N・Kさんといった。こちら、富山県砺波市（N・Kさんは初めの頃はよく間違えて栃波市と書いてよこした）出身。当時は旧姓だから、イニシャルはK・K。三十数年前に、あなたが大事にしていた写真を傷つけた。

万が一にも、N・Kさんがこの文章を読んでいたら。私は人生の不思議というものをあらためて畏れ直して、言葉を紡いでいける気がする。

書くことを信じているひとと、信じていないひとがいる。

ポストの扉がカチャンと揺れ、手紙が向こうに落下したそのときから、手紙は書き手のものではなくなる。多くの場合は取り戻せないし、相手がいつ開封するかも分からない。読んでもらえるかどうかさえ、分からないこともあるだろう。旅に出た手紙の連れ添いは、時間だけだ。

本を書くことも同じである。校閲を経て印刷所の輪転機が回ってしまえば、ほとんどの場合、止めることはできない。時空に言葉を放ることは、怖い。自分の書いたものが、体を離れて遠くへ行ってしまう。どう受け止められるかは、分からない。

だからこそ、必ず届くと信じていなければ、書くことはできない。届かせてみせる、そう信じて、たったひとりに送るつもりで書く。主語は小さければ小さいほど、普遍のドアを開いて、遠くへ飛んでいく。

結婚小景

四月、夫に竹の子の茹で方を教えた。

ある朝、冷蔵庫の野菜室を開けたら、夫の足より大きな竹の子がふたつ寝かされていた。いったいどうしたのと聞けば、山のほうにドライブに行った帰りに買ってきたという。家族が寝たあとになって、後部座席に積んだままだったのを思い出し、冷蔵庫へ入れたらしい。

それじゃあ、ひと晩じゅうここにいたの。私はすっ飛んでいって大鍋を火にかけ、竹の子、糠、鷹の爪、それから、重石代わりの皿を軽く沈めて竹の子が浮かないようにしてから、一刻を争う下茹で方法について夫に説明した。

こうして夫相手に料理の手順を説明する機会というのは、案外ない。結婚したばかりの頃は、ひとり暮らしを長く続けたもの同士なのに、どうしてこんなことも知らないのだろうとお互いに思っていた節がある。

私は理系と名の付くものはたいてい苦手で、電子機器のマニュアルを読むのがなにより苦痛だ。その理系の夫は、カレンダーの元日に〈初脂〉と書いた。台所のことについては私のほうが先輩風を吹かせていて、夫はなかなか素直に聞いてくれないこともあった。

家庭の味の継承というと、親から子へ、なかでも、母から娘へとされることが多いけれど、夫婦の間でも、渡せるものはあるように思う。料理以外の、家の仕事の工夫や知識に関しても、案外取りこぼしてお互いに教えないまま、もったいないことをしている事柄もあるのかもしれない。最小単位の集団で暮らしていながら、知恵のシェアというのは意識しないとなかなかできるものではない。そうこうしているうちに、ひとつの季節——たとえば竹の子の——は過ぎていく。

竹の子の一週前には、桜が咲いていた。

歳の数だけ桜を見てきたはずだが、花見でおいしいものを食べた記憶がほとんどない。せっかくのご馳走が、冷えて乾いて、取り箸でひっかき回された成れの果てが目の前に置かれたりして。それでも若い頃は車座になって集いたがった。たいていは土からの寒気がお尻を包み、うっすら風邪をひくのも桜の時期だった。

代々木公園に大勢で集まろうとなったある年、携帯電話の電波が通じず、結局合流できなかったことがあった。私は張り切ってお重を用意したのだけれど、一メートル先も見えない混雑に早々に諦め、夫と二人、ひとごみを避けた隅っこで包みを開いた。

喧騒を遠くに聞きながら、首すじを日に照らされて、ひと口ずつゆっくり運んだお弁当のおいしかったこと。これを潮に、大勢の花見というものには誘われても出かけなくなった。

今は、市場かごに弁当やワインを詰めて、向かいの公園へ行く。抱えきれないくらい大きな桜の木が一本。幹の根元をちょっと借りてシートを敷かせてもらい、家族で食事をして、お酒を飲んで小一時間。花びらがまっすぐワインに降ってきて困るほどうれしい場所だけれど、誰とも相席したことがない。これが年に一度きりの、私の桜。十一年前には思ってもみなかった、静かなものである。

十一年前、初めて夫を富山の家族に紹介したとき、家の中で待つはずの家族が、玄関から玉のように転がり出てきて私たちを出迎えた。お盆前の暑い日だった。

末娘の結婚が待ちきれなかったのか、女系一族のしゃっくりの連鎖のようなものか。ひとりの男が東京からやってくるという、ただそれだけの約束に、家を弾ませる力があった。玉のように転がり出てきた——私の表現に思いがけず反応したのは、何人もの女友達。ああ、そういうの、いいわねえと口々に言った。

自分だけではなく、善きものを振りまいて周りの誰かも喜ばせることが、女はうれしい。輪の中心にいるのは、もちろん、自分自身である。周囲からの祝福によって頬を照らされて初めて、女は幸せな自分の姿を確かめる。ひとりぼっちで立つ寄るべなさから女を救い上げるのは、他者の視線である。

夫婦というものは、家族というものは、閉じていく宿命にあるのではないか。祝福され、夫婦で世間に漕ぎ出したように見えても、決して開いていくものではないという気がする。

独身だった頃、ひとりでできることは全部やり尽くしたと思っていた。恋愛をしていた時期もしていない時期もあったけれど、結婚をしていなければそれはカウント一だった。掛算をしようにも、一に掛ける数がない。悲しみも喜びもこれ以上は増えず、人生が拡大していかないような焦燥感。あの気持ちの正体はなんだったろうかと、今でも思う。

他人はけっして自分の思い通りにならないことを、恋愛で知った。自分もまた、他人の思い通りに生きる必要はない。その恋愛を経てなお、男を人生に組み込み、自分も男の人生に組み込まれていくことを、私はかなり強く求めていた。

結婚生活にはさまざまなことが起こる。しかし、川の流れは続いてゆき、あらがうことも、止めることもできない。船を粛々と運行し、荒波にも転覆せず、鈍く受け容れていく力は、毎日、毎日、少しずつ太くなる。

皮肉にも、結婚生活において、自分がどんな人間なのかを見失うことは、たやすい。男は、そして女はこうあるべきという役割分担や結婚観で自分をも縛り付け、手足に鎖を巻かれることを許してしまう。

夫婦は、家族は、閉じながら強固になる。

「だから結婚っていいものなんです」

こう胸を張って言えるひとは、曇りなく幸福だろう。

私は強固に結ばれた暮らしに、風が通る余白を残しておきたいと思う。知らない街にひとりで出かける時間や、夫には詳《つまび》らかに知らせる必要のない交友関係を、大切に持っていたいと思う。夫を主人とは呼ばないし、何かをしてもらって当然とも思わない。

会社員時代の後輩が、結婚を機に退社して海外に移ることになったとき、有志からお祝いのメッセージブックに何かひと言をと頼まれた私は、こう書いた。

「ぜひ仕事は続けてください、経済的な裁量を持つことを簡単に手放さないでほしい」

末長くお幸せに――見慣れたはなむけの言葉が並ぶなか、私だけが大真面目だった。しかし、迷いなくそのメッセージが浮かんだとき、私は、私が守ってきたもの、諦めなかったものを思った。それは胸の中に自分だけの部屋を確保しておくことであり、自分の財布を持つことによってのみ、叶えられることだった。

こんな話を書いていると、ある男女の眺めを思い出す。

二十代の頃、代々木公園でひと組のカップルを見た。桜が散ったあとの、葉の季節だったと思う。四十代後半くらいだったろうか、二人は池のほとりに簡素な折り畳み式の椅子を広げて、赤ワイン、パン、チーズだけの軽い食事をとっていた。

彼らの目は、向き合ってお互いだけを見ているのではなかった。まず春の公園の景色を、そして、景色の中に少し間借りして、時々互いの横顔を見ていた。なんでもない風に、景色に溶け込んでいた。

私は飲み会の輪の中から、いつかは自分もあっちに行くんだ、私もああいうのがいいと、熱く見た。うらやましくてたまらなかった。二人の間にどんな時間が流れているのか、よく思いを馳せてみることもせずに。

あっちがいいんだ。そう望んだ対岸に、いま、私は立っている。

静かに生きることはそれほどやさしいことではない——作家の庄野潤三はこう書いた。

庄野との出会いは、翻訳家で作家の須賀敦子による手引きだった。

須賀は庄野の『道』を読んで強く心を動かされ、イタリアの友人たちに紹介したいと感じた。日本の名作から『道』を含む二十五編を、数年を費やして訳し、『Narratori giapponesi moderni（日本現代文学選）』にまとめあげて出版したのは一九六五年。東京に初めてオリンピックがやってきた翌年のことだった。

庄野の小説に、私は胸の奥の柔らかいところを、そっと撫でられるような安心をおぼえる。好きな作品は、まず代表作の『夕べの雲』、それから『道』。ともに、子どものいる家庭を扱った物語だ。

しかし、鷗外の『高瀬舟』や谷崎の『刺青』に並んで初めて『道』を読んだときは、あまりに平凡な語り口に肩透かしを食らった気分だった。描かれるのは、何も決めず、争わず、ただ流されていくだけの貧しい夫婦。それでも、須賀が選んだというただその一点のみに私は固執して、本棚の目立つところに置いていた。須賀の眼に憧れていたから、読むことを諦めたくなかった。

眠れない夜に睡眠剤代わりに読むような親しみ方で、折に触れて何度か読むうちに、ある夜、夫婦の間に流れる日常に、腹の底からじわじわと、恐ろしいような温かいような、不思議な愛着がぽとんと生まれた。

なんの匂いも音もないと思っていた物語に通底している、移ろいそのものが主題なのだと知ったとき、視野が転回した。今では、ずっと知っていた物語とさえ思う。誰にも記されることのない、無数の暮らしの肯定の物語なのだと分かる。

三島由紀夫は庄野を「平凡な生活を淡々と眺め、そこにちゃんと地獄を発見している」と評した。僭越ながらその続きを書けば、その地獄のなかにもあっけらかんとした営みがある。おかしくて、ふてぶてしくて、思惑も打算も軽々と打ち砕いていく生があるのだ。だから安心して肌の近くに持っていられる。

過剰な仕掛けを徹底的に排し、小説嫌いとして知られた庄野が、鍛錬の末に身に付けた視点を思うとき、私は、ああ、うらやましいと思う。須賀敦子と庄野潤三という、推しふたりの人生に交わりがあったことも、うれしい。

そのふたりからの、暮らしをちゃんと見ていなさいという声が聞こえてくる。

「いま、そこに在り、いつまでも同じ状態でつづきそうに見えていたものが、次の瞬間にはこの世から無くなってしまっている具合を書いてみたい」

芝生に寝転んで、空を見上げながらこう考えていたとき、庄野は『夕べの雲』の題を思い付いたと語っている。刻々と姿を変える雲。さっきまでの雲は、もういない。

誰も記録しないような無数のものを、私もすくいとってみたい。和室に寝転んで、まずは自分の、この暮らしを、飽きて飽きてかなわなくなるまで眺める覚悟でいる。目の前にあることを書いていけば、いつか一本の道らしいものに通じていくのではないか。そういう書き方しか、できないと思う。

寝転んだ和室から畳、そしてダイニングへと視線を移し、夫のもみあげのあたりをじっと見る。よく知ったはずの夫の横顔が、見たことのないひとのそれに見えてくる。こうして見つめていたら、ふと、分かってきた。結婚小景を泳いでいくには、なにか技術らしきものが必要だということ。そして、その技術は私にしか見つけられないものだということが。技術であれば、体得できる気がする。深められるかもしれない。これが、十一年かけて私がようやくつかんだ糸口だ。

それでいいんだよと、須賀と庄野の二人にどれほど励まされているか分からない。

ホテルニューオータニの朝

うんと親しいひとから、欲しいものはあるかと聞かれたら、なんと答えるだろう。

私の場合それは、

「丸一日、ひとりで過ごす時間が欲しい」

自分でも思ってもみなかった答えだったけれど、ふいの質問だったからこその、心からの叫びだ。

ある年の秋、夫の仕事が忙しく、家のことをひとりで担う日々が続いた。夫は朝八時から日本での会議がはじまったかと思うと、夜九時からはヨーロッパ、そして深夜には北米のメンバーとのミーティングがはじまるといった働き方を余儀なくされていて、在宅で仕事をしているにもかかわらず、ドア一枚隔てた遠い国に住んでいるひとのようだった。ふたりでやっていくことを前提に整えていた仕組みの半分が崩れてしまったことは、想像以上に大きな負担だった。

仕事が少し落ち着いてきた頃になって、夫はせめてもの罪滅ぼしをしようと、

「欲しいものはある?」

冒頭の質問をしてきたのである。

オンラインショップで買えるものが返ってくると思っていただろうか。夫は快くOKしてくれたが、意外な答えに一瞬ひるむ表情をしたのを、私は見逃さなかった。でも、うろたえさせることの、ひとつやふたつ。私が機嫌よくしていることが、家では大事なことなのだ。だから、彼が差し出そうとするものを堂々と受け取る。気兼ねしたり、遠慮したりはしない。すぐに都内のホテルを検索し、ニューオータニに決めた。十二月の第一土曜日、十四時チェックイン、翌十四時チェックアウト。二十四時間滞在という、急ぐ必要のない素晴らしいプランだった。

単行本を二冊とＭａｃ、それと、ホテルのレストランに着ていく用のシワになりにくいワンピースだけを持って、土曜の昼に家を出た。

部屋から真冬のプールを見下ろしたら気が済んで、遮光カーテンをひいて古い映画を一本観た。夕食は仲良しの編集者を誘って北京ダックを食べ、珍しく早く解散して、バー〈カプリ〉でジャックローズを二杯飲んだ。酔っ払って、結局、せっかく持ってきた本は三行も読めなかった。

お風呂に二回入って、腹筋を三十回した。ベッドを占領して寝返りを打ち、朝食が部屋に運ばれてくるありがたさを噛みしめた。銀食器といくつもの小さなジャム。お代わりが何杯もある、自分で淹れるよりうんと濃いコーヒー。

スマホは一度も見なかったし、夫からも様子うかがいの連絡はなかった。そういうところも、ありがたかった。

ニューオータニは庭園が素晴らしい。

池泉回遊式と呼ばれる、大きな池を中央に配した庭園で、その周囲に小路を巡らせ、築山、小島、橋などの名所に誘うようにしてある。加藤清正から井伊直弼《なおすけ》、そして伏見宮へ、四百年に渡って引き継がれてきたこの美しい庭園を、第二次世界大戦後に伏見宮がこの屋敷を手放すというときになって買い取りに動いたのが、ホテルニューオータニ創業者の大谷米太郎だった。外国人の手に渡ってしまうのは惜しいというのが、その理由。一九六四年の東京オリンピックを機にこの地にホテルを建設し、現在に至る。

日曜の朝、時間をかけて朝食を済ませたあと、散歩に出た。

すれ違うひとはまばらで、行きたいと思うにまかせて、ルートも決めずにただ歩いた。防寒装備で出かけたはずが、起伏に富んだ庭園を何周かするうちに、うっすら汗をかいてきた。これでもう、足を踏み入れていない小路はないはずだ。さて、部屋に戻ってお風呂に入ろうと歩き出したそのとき、女性に声をかけられた。

英語なまりの日本語は、日曜の礼拝への誘いだった。日本庭園の深い緑のなかに礼拝堂があることを、そのときはじめて知った。その、ガラス張りのガーデンチャペルに入ってみませんかの声に、急ぐ旅ではない、参加してみることにした。

そもそも、家の近所に礼拝堂があるかどうかも知らないまま生きてきたような人間だ。座ってひと休みしたいという横着と、普段しないことをしてみたいという興味本位で入ったはずが、どうぞせっかくですからと、あれよあれよと牧師の目の前に案内されてしまった。

礼拝堂には二十人ほどが集っていた。初めて参加するかたは、もしよろしければ自己紹介をということになり、私ともう一組の夫婦が一歩前に出た。

私は簡単な挨拶で済ませたが、夫婦は違った。まず、互いに手をにぎりあっている様子から見て目を引いた。

細い、しかしよく通る声で、奥さんのほうがぽつりぽつりと話しはじめた。

「二人では抱えきれない、大きな悲しみが、私たちを襲いました」

こう話し出しても、場の空気は変わらなくて、やさしいままだった。

「ずっと暗闇にいました、でも、イエス様の言葉に、私たちは出会うことができ、こうして、ここに来ることができました」

言葉をひとつひとつ区切りながら話すあいだ、男性はじっとうつむいていた。話しているのは女性のほうなのに、男性の固く閉じた大きな肩からも、その言葉がこぼれてくるように見えた。

話は十分ほど続いただろうか。夫婦の背後では、活動をはじめた鳥のさえずりがにぎやかに響いていた。

礼拝が終わってそれぞれが席を立つ頃、

「わたしたち、初参加でしたわね」

奥さんのほうが話しかけてきてくれた。自己紹介のときと変わって、頬が上気して輝いていた。同じ時間に、同じ場所に居合わせたひと。

いつかまた会いましょうと言って別れた私のコートのポケットは、贈られた文庫版の聖書やらクリスマスの焼き菓子やら、パンフレットやらで、はち切れそうになっていた。

部屋に戻ると、もうお昼に近かった。遮光カーテンをひいてもう一本映画を観てから、チェックアウトした。

昼食はとらなかった。子どもたちと暮らしていると、三度の食事の支度に追いかけられ、自分はなにが食べたいのか、ゆっくり考えることがなくなってしまう。くたびれていて本当は食べたくないのに、作った手前、食べてしまうこともある。大人にはたまには食べないという選択があってもいい。体も少し軽くなる。

一切の家事をしないでいた体は、二十四時間でもうなまってきていた。名前も付けられない小さな仕事をするために、私は、家のなかを動きまわりたくて仕方なくなっていた。

今でも礼拝堂でもらってきた聖書をたまに開いては、文を拾って読んでいる。どのような読み方をしてもいいと、ミサでは教わった。イエス様の言葉に光を見つけたと語った夫婦は、いったいどの箇所で心をつかまれ、安らかになったのだろう。この本を松明に歩まざるをえないほどの大きな悲しみなど、私の身にも家族の身にも起こらないことを祈るけれど、同時に、世界最大のベストセラーに書かれていることを、心の目で理解できたらどんなだろうとも思う。

あの夫婦が語った、二人でも抱えきれない悲しみ。その悲しみによってこそ、ふたりは強く結びついているのかも知れないとも思うのだ。

第一週のお礼に、私もお返しを用意した。

十二月の第四週、夫の好きなジャズクラブの予約を取り、ついでに一日出かけてくるようにと背中を押したのだった。

この第一週と第四週の時間が、なかなか良いということになって、私たちの年中行事に加えたいと思っている次第である。年末の慌ただしい時だからこそ、時間を贈りあって、一年をねぎらいたい。親でも何でもないひととして、互いを雑踏のなかへ送り出したい。

「ただいま」とともに、かかった経費のレシートを揃えてぽんと渡し、引き換えに現金を手にしてひとときの個の時間は終了である。

「ありがとう」

「どうも、おつかれさんでした」

こんなやりとりをして、それからはまた、いつもの暮らしが続いていく。個の時間よりもっと長い——少なくとも今のところは——退屈でかけがえのない時間の連続である。

母の長い春休み

母は富山で小さな飲食店を経営している。もうすぐ三十年になる。地方と東京とでは、新型コロナウイルスに対して温度差がある。私は二〇二〇年の三月半ばから、自宅で仕事ができるように準備を整えていた。その間ずっと頭にあったのは、母のことだ。

母にはしばらく店を休んではどうかと話していた。飲酒を伴う密な店であることに加え、比較的高齢者が集まる場所だ。クラスター源になる可能性があった。

私が心配していたのは、その先だ。閉鎖的な土地でもしクラスター源になれば、末代まで村八分にされる可能性がある。大げさに言っているのではない。生まれ育った土地で母が生きていけなくなるかもしれないなんて、そんな人生を母に送らせるのは耐えられなかった。

母の反応は「気にしすぎ」の一点張りだった。これは想定内。粘り強く説得したけれど、なかなか難しかった。半分脅したり、姉と結託して泣き落とし作戦に出たり、あの手この手。だから、東京に緊急事態宣言が出るらしいという噂が流れはじめた二〇二〇年四月初旬になって、母が突然休むと言い出したときは、

「なんで？　本当にいいの？」

思わずこう聞いてしまった。


村八分というと、懐かしく痛む出来事がある。

小学校四年生の時、父が出奔した。同級生とは仲良くなれずに、いつもぽつんと浮いていた私だったけれど、近づいてきたのは子どもたちではなく、大人の女たちだった。

嫌がらせの電話と悪質な手紙のターゲットになったのは私だった。母がいない時にかかってきた電話を取ると、

「あ、出た出た」

こみ上げてくるおかしさをこらえているのだろう、恐らく隙間だらけの歯から笑い声が漏れてくる。

「父親が夜逃げした家の子や」

初潮を迎えたばかりの少女に向かって、お前の体を売って借金を返せなど、どんな口が言うのだろう。からかって、蔑んで、暇つぶしをする。自分の吐いた言葉が、いつか自分を傷つけることにさえ無自覚な田舎者が、近くに複数人いたということだ。

その女たちにも、親があっただろう。子どもを育てているひともいただろう。朝起きて顔を洗い、犬を散歩に連れて行き、親切に対して礼を言う、当たり前の暮らしがあっただろう。

ちゃんとしたお嬢さん——こう評価されることで母を守るために、私はいい子であろうとした。私は大学受験をとっととやっつけ、高校を卒業したあとは、弾かれたように東京へ飛び出したきり、戻らなかった。私が本当の意味で子どもだった時代は短かった。しかし今では、あの頃の寂しさのなかに、宝物があったと思う。心と体がぐんぐん成長する時期に、たくさんの物語を読んだし、詩も書いた。胸の中に何が入っているのか、知ろうとした。

子どもには寂しさが必要だと思う。もちろん、振り返れば支援の手がちゃんとあると分かっていての寂しさであり、孤独である。たったひとり、まともな養育者がいるだけでいい。私にとって、それは母だった。

そんな子ども時代と重なるようにして、母は店をはじめた。

三十年お店を続けるということは、生活費のためなのはもちろんだけれど、それだけではなかった。いつもと同じお客さんや、時々やってくる初めましてのひとと、酔って同じような話を何度も聞き、笑って、おしゃべりして、グラスを洗ってカウンターを拭き、鍵をかけて、化粧を落として眠って、また次の日は、店に来てくれる人の顔を思い浮かべながらおしぼりを準備してきた。人生そのもの。

その店をしばらく閉めることにあっさり同意したのは、歳をとって、この末娘の言うことを聞こうと、ようやく思ってくれるようになったのかもしれなかった。

自主的な一時休業をお願いしておきながら、休業を迎えるまさにその日まで、私は母がどのような思いで長い夜を過ごすことになるかまでは考えていなかった。三十年間、いや、子どもを生んでからのことを考えると、五十年間ずっと働き詰めだったのだから、ごほうびの春休みくらいにとらえていた。でも、母の胸のなかには、まったく違う思いがあるのかもしれなかった。それを伝えに、娘にわざわざ電話をかけてよこすひとでないことも、知っている。

バブルの波にうまく乗り、その後もなんとか順調にこられたのは、何より母の清潔と人柄の賜物だったと思う。

そのことを強く実感する出来事があった。

九年前に実家が全焼した。

私が一報を受けたのは、火事から半日以上経ってからだった。心配するから連絡しなくてもいいという母の言いつけを破り、姉のひとりが知らせてくれたのだ。

近所の有志の方々が手厚く、手早く、母のケアをしてくれたと聞いて、私は、これだから母には敵《かな》いっこないと思った。

火事があった日の夕方には、母のためにマンションが用意され、家具やらなんやらがひと通り揃っていたという。相当な金銭的支援も集まったと聞いた。いま私が同じような窮地に立たされたとして、どのくらいのひとがここまで親身になってくれるだろうか。

いっぽうで、火事を出した家など不運だと、忌み嫌って疎遠になったひともいたという。

そのことを私に告げるとき、

「仕方ない」

そう母は何度も言った。そんなことはとっくに知っていたという顔をして。

母に手を差し伸べてくれたひとたちのなかには、小学生の私に意地悪をした女たちもきっと含まれていたと、私は思っている。なんせ狭い土地だ。さげすむ言葉が出るのも口なら、励ます言葉もまた、同じ女の口から出てくる。その女たちにも、数十年の間にいろんなことがあったろう。同情、共感、憐れみ。いろいろな感情が、家を失くした母に向けられたはずだ。

それでいい。これであなたたちが私にしたことはチャラだよ、とにかく、母を助けてくれてありがとうと今は思える。

時を経てみなければ分からないことが、時間のひだのなかには折りたたまれている。あとになってみれば、ああ、こういうことかと腑に落ちるのだが、渦中にいるときには見えない。でも、見たいと目を凝らすひとにだけ扉が開かれる瞬間が、人生には何度かある。

火事から一か月が過ぎた頃、私は麻布十番で女友達と待ち合わせた。

蕎麦屋の座敷で、瓶ビールを分けあって互いにぽつぽつ近況報告をしていると、

「これ」

友人が白い封筒をテーブルに差し出した。

「お母さんに」

封筒には、見舞い金がいくらか入っていた。火事の二週間前に、母は三女――私にとっては七歳違いの姉――を病気で亡くしてもいたのだった。

「どうしても、かわいそうで」

カラッと言ってくれたのがありがたかった。

まさか東京の友人からこんなものをもらうなんて思ってもいなかったから、驚いたけれど、私はありがたく受け取って、母の口座に振り込んだ。

友達から見舞金を受け取った日、私はいつものように「でも、大丈夫だよ」と話を終えることはしなかった。その代わりに、姉を亡くしてから火事までのいろんなことを、私自身のことを、堰を切ったように話した。私のクセの、おちをつけて笑いをとりたがる方向にも、もっていかなかった。

「すごく大変だったんだ、聞いてよ」

私が自分のことをこんな風にしてひとに話すのは、珍しいことだった。かわいそう――それは母に向けられた言葉だったけれど、友人の思いがけない言葉が、私の背中もさすってくれたのだ。

私はいつだって、大丈夫なんだからという風を装うことで、さまざまなひとの善意や心遣いを払いのけ、やさしさを受け取る機会を閉ざしてきた。お金を振り込んだとき、母が礼を言うよりまず、私が良い友人を得たことを喜んでくれた意味が、よく分かるのだ。

母に対してはどうだったか。

十八歳で上京して以来、母に電話をするのはきまって、何か解決しなければならない厄介ごとが持ち上がったときだった。

「別に用はないんだけど、どうしてる？」

こんな風に話を切り出したことはほとんどなかったと思う。

まず自分を無欠の審判の位置につかせてから、私は母に指示を出したり、相談する姿勢を装いつつも、思い通りに母を動かそうとした。こっちの人生はなんの問題もないことを誇示した。

「なぁに、お母さんはひとりで気楽にやってます」

電話の最後に必ず母が言うセリフに支えられて、私は東京を生きてきた。ならば私も、富山を生きる母の支えになってきたと信じる。

私は大丈夫。そう言い合ってきた、あわせ鏡の母と娘。交じり合わない距離を保って、私たちは暮らしてきた。親と子は、ある程度の年齢になったらそれぞれの道をゆくという考え方が、私のなかには強固にあって、それを授けてくれたことは財産のひとつであると思う。それが夫婦であっても、同じ。必ずしも同じ道を行かずとも。

全力で走ってきた母は今、長い春休みを経て、営業を再開した。客足はなかなか簡単には戻らず、それでも、

「なんてことない、大丈夫」

と母は言う。

その声の力が弱くなっていることに、私は気が付いている。歳をとるということは、泰然と同時に、言いようのない寂しさをまとうことだ。

こんなにも長く人生をともにしながら、母からまだ聞いていない物語がたくさんあることが、あらためて胸を打つ。

体との約束

親になってしばらく経つが、自分の子どものことは分かっても、よその子のことが理解できるかと言われると自信がない。

友人が家に遊びにきたときのこと。クレヨンで絵を描いている子どものところへ挨拶に行った友人が、画用紙をのぞきこんでこう話しかけた。

「なにをかいているのかな?」

そのとき子どもが描いていたのは、赤い、小さないくつもの丸。一円玉大のものから卓球ボールくらいのものまでが、重なり合ったり塗りつぶされたりして、スケッチブックを埋めつくしていた。

「わかった、ぶどうだ。でも、ぶどうはあかじゃなくて、むらさきじゃないかな?」

友人の言葉にうなずくでも首を振るでもなく、子どもは目の前のことに集中していた。

「あかい丸がいっぱいあるね」

私なら。見えているものをただ口にする。しかし、それを彼女に言うことはしなかった。ポジショントークみたいで、説教くさくて。

子どもというのは、必ずしも何かを目指して描いているのではない。そばで見ていて確信したことには、彼らは体を思い通りに動かしてただ遊んでいる。それは、文具売り場の試し書きコーナーで、万年筆を握っているときの大人の感動に近い気がする。「ご自由に」と用意された紙にペン先を預け、〈ありがとうございます〉ときれいな平仮名を選んで書いてみたりする。筆先が紙に擦れて一瞬の抵抗にあい、続いて、湿度のあるインクがつぅとにじむ。筆圧を思うがままにできることに気分が乗って、遠慮しいしい、夢中になってしまう。

ぶどうの一件から少し経った頃、『13歳からのアート思考』（末永幸歩著）になるほどと思う説明を見つけた。

描くことは、体の動きを受け止めてくれる舞台だと、美術教師である末永は言う。体の動きによって紙のうえに刻まれていく行動の軌跡を、子どもは思う存分味わっているのだと。

そうなのよ、そうなのよ。私はあの、赤い丸をせっせと描いていた子どもの心の動きを代弁してくれるひとを見つけて、胸がぎゅうと鳴った。子どものそばにいると、彼らが全身で発するひたむきさに打たれる。そのひたむきさに、私が育てられる。

私の一番古いひたむきな全身の記憶は、従兄の背中に乗せてもらってお馬さんごっこをしたこと。幼かった私は、うんと年の離れた秀才の従兄を召使いのように従え、一族の末っ子として君臨していた。

従兄に遊んでもらった日はたいてい、何かのハレの日だった。母方の祖父母の家に漂っていた、新しい畳の香りや高脚膳に並んだごちそう。祝い事のために大人たちは酒を飲み、従兄は飽きて痺れを切らした私の相手をしてくれていた。もうすっかり大人だったように記憶しているけれど、彼はまだ十代後半で、東京の大学から富山に帰省していたのだ。贅肉のない硬い背中の感触を、いまでも覚えている。

いまや、他人の体を感じる機会を逸してしまった。

子どもの頃は、それぞれの体に宿命と呼びたくなる印があった。前につんのめりそうに百メートルを走る子。スキップがうまくできない子。小柄なのにバスケットコートでは誰よりも高く飛べる子。かっこいい印の子もそうでない子もそれなりに、芋の子を洗うみたいにグラウンドで遊んでいた。

もし今会社で体育祭に参加しなさいと言われたら、頬や太ももの肉が揺れるところなど見られたくないし、経理部のひとの背に手をついて馬跳びなんて、躊躇してきっとできない。ひとはいつから変な飛び方や走り方をさらけ出すことをやめてしまうのだろう。隠し持った体のクセを他人に見せることは、生涯ないのだろうか。

私は足も遅いし球技も苦手だったけれど、体を動かすことはずっと好きで――そもそも家事も運動の一環だと思っているほど――ピラティスの個人レッスンを続けている。横浜に住んでいたときはS先生、東京に越してからはA先生。あしかけ十年くらいになるだろうか。

一時期、仕事のことで精神的に参っていたことがあった。本当はレッスンを休みたかったけれど、A先生をがっかりさせたくない一心で、キャンセルだけはしなかった。

「まっすぐ立てていますよ、すごいです」

先生はまわりこんで私の体を三六〇度チェックしながら、こう褒めてくれた。

「足裏全体で床をつかんで、親指の付け根にも力が入っています。だから、大丈夫です」

立っているだけで褒められたのは初めてだった。それだけで泣きそうになった。

ピラティスのおもしろさは、自分の体を意志の力で完全にコントロールできる点にある。私は料理でもなんでも、まず理論に納得して、それから集中し、たのしさに変わっていく過程が好きなのだと思う。そして、それが現実の生活に役立つと思えるかどうかは、もっと大事だ。

ピラティスの考案者ジョセフ・ピラティスは言う。

「本当の年齢は、生きている長さや自分がどう感じるかではない。脊柱の自然な柔軟さのレベルである」

こうした物の言い方や、ピラティスが大事にする〈正確性〉や〈センタリング〉といったものが難解に思え、習いはじめた頃は手も足も出ないことがあった。体を左右にひねったり骨盤をあっちこっちに回そうとしているだけで、自分が何をしようとしているのかつかみどころがまったくなく、鏡に映る自分が滑稽で可笑しくなってしまった。

しかし、難しかったのは、頭が体をブロックしていたから。とにかく理解したい一心で、へばりつく気持ちで続けていたら、あるとき、指示した通りに体が動く感覚がつかめる瞬間があった。それはたとえば、肋骨から恥骨まで上から順番に筋肉のコルセットを締めていく感覚だったり、骨盤を前後左右になめらかに揺らす感覚だったりした。分かった！という瞬間が連なって、のめりこむようになった。

自分の体のことを、全然知らなかったのだ。筋肉が、骨が、意識によってどう動くかを、知ろうとしたことがなかったのだ。

以来、股関節や肩甲骨の可動域が、圧倒的に広がった。四角くて平らだったお尻が、厚みが出て丸くなった。お腹にはうっすら縦の線が入っていて、薄い脂肪の下に、腹筋を感じることができる。人生のある年齢で、体を見限らなくてよかったと思う。課題は二の腕……ここは、なかなかしぶとい。原稿ばかり書いていて、前かがみになりがちだからかもしれない。

運動する時間がとれないときでも、ピラティスマットを敷いて、筋膜リリースのローラーを使いながらストレッチをする。五分集中するだけで、血流が増えて、指先まで温かくなる。私が知るかぎり、軽い運動に勝るリフレッシュ法はない。コツは朝に運動を済ませてしまうこと。なぜなら朝が一番元気があるし、圧倒的にそのあとの作業がはかどる。夕方以降に運動しようと思っても、いけない。夕焼け小焼けの町内放送が流れてこようものなら、何ひとつできていない焦りばかりが指の間からこぼれ、運動がうとましく思える。

自分でも驚くことに、疲れたという感覚から年々解放されている。ストレスを抱えすぎないように、疲れるものやひとから距離を置くようになったことも、無関係ではないと思う。私は、老いというものを正しく恐れている。若い頃のほうが、やれ今月は足裏マッサージだの、今月は美顔エステだのとお金を使っていた。疲れなんてへっちゃらで、その疲れすら、浪費の対象だった。

ピラティスを続けているのは、柔軟性と筋肉量をキープしなくてはと思ったから。そして一番は、子どもを持ったことによる。年子の子どもたちを二人同時に抱っこする時期が長かったから、鍛えておかなくてはもたなかった。

子どもは手加減を知らない。抱っこやおんぶを訴えてくる姿は、それは必死で、抱っこをしてくれなければこの世が終わるという顔をして迫ってきた。抱きかかえてやると、思いがけず強い力でしがみついてきて、うんと小さいながら軸がしっかりできあがっている。これは腰痛や肩こりなんかになっている場合じゃないぞと思い、毎日ストレッチだけでもするようになった。

ピラティスはひとりで没頭する世界だけれど、もうひとつ、子どもに連れられて外に出かけるなかで、体の感覚を取り戻すことをはじめた。それも、公園で。

大きな公園、特に東京都心部の公園の遊具の充実ぶりというのは素晴らしい。子どもにお気に入りの公園があるように、私にも好きな公園がある。

滑り台は必ずチェックするポイントで、高低差のある敷地やいびつな地形を生かしたダイナミックな滑り台を見つけると、考案されたかたのセンスに、なるほどと唸ってしまう。滑り台の頂上へのアプローチも、さまざまでおもしろい。はしごのようなものを渡して全身運動でたどり着くデザインもあれば、山を切り拓いた風情を大切に残し、木の根っこむき出しのところもある。この斜面を三回駆けあがるだけで、太ももがわななく。

滑り台で真剣に遊ぶ大人を滅多に見ないことが、私には不思議である。子どもは滑るひと、親は見守るひと。これではちょっともったいない。中年太りの魔の手が忍び寄る年代こそ、公園を愛するべきではないか。

私はGUのパンツのお尻をすり減らす前提で、何度でも滑る。混んでいるときは子どもたちに譲り、誰もいないときには率先して。

体の重さや、風を切るときの髪の動き、そして、体のどこがブロックされていてどこはまだまだ滑らかなのかを、よく点検しながら滑る。急勾配から着地したとき、はじめは尻もちをついていたが、今は両足を揃えてひょいっとしゃがんで重力を吸収し、すっと立てる。気分はロサンゼルス五輪、森末慎二。

通勤時間に充てていた朝の時間を、公園通いに使うことも増えた。うんていにぶら下がって、体の側面を大いに伸ばす。ベンチで腕立て伏せをして、木陰で膝を回し、テレビで見た、イチロー選手がやっていたのと同じストレッチをする。関節と名のつく場所は、回したり、伸ばしたりしておいて損はない。そうこうしているうちに、顔色はすっかり良くなる。滑り台で軽く流して、運動終了。高価な美容液より効果的だと思う。

早歩きで帰ってシャワーを浴び、九時三十分には仕事にとりかかる。こうしてはじまった一日は、体に良い食事と丁寧な言葉を口にして、ひとに親切にしたくなる。お金をかけずに得られるこれらのことが、どんなに自分を機嫌よく保ってくれるか。それが、どんなに大切なことか。

毎日運動するとかしないとか、それは、自分のために体との小さな約束を守れるかどうかに尽きると思う。そして、楽なほうに流されがちな私には、こうして書くことで約束を開かれたものにしてしまうということもまた、必要である。

ブラック アンド ホワイト

「くろって、どうやってつくるの？」

ぜんぶの指を黄色やら青やらの絵の具でベトベトにしながら、当時四歳だった息子がこう聞いてきた。週末の午後は水彩画を描くのがお気に入りの過ごし方で、新しい色の開発に熱中していたのだ。

「ぜんぶの色を混ぜたら、真っ黒になるよ」

こう教えてやってから、私は、はて本当にそうだろうかと不安になった。

長く雑誌の編集の仕事をしていた私は、シアン、マゼンタ、イエローの三色を組み合わせて色を表現する〈減法混色〉に慣れ親しんできた。

「マゼンタを強く」

「イエローを抜く」

写真に赤字を入れては印刷所の担当者に指示を出す。雑誌を世に送り出す前の、大事な仕上げだ。

印刷物に使用されるこの手法では、三色を混ぜ合わせるたびに黒に近くなり、三色を完全に均一な配合で混ぜれば黒になる。理論上は分かっていても、濁りのあるグレーや焦げついた茶――黒の偽物――になりはしないか、確信が持てなかったのだ。

黒と聞いて、忘れられないひとがいる。

ファッション誌の編集部で働いていた頃、ある女性が自らデザインしたアクセサリーのPRに訪れた。

二十歳そこそこのひとだった。有名洋菓子店のレーズンバターサンドをお土産にもってやってきた彼女の、明らかに高級と分かる全身黒の装いを見て、私は落ち着かない気分になった。可視光の反射率の異なる素材を組み合わせた、とても印象的だけれど、そのからくりをうまく説明できないしゃれた着こなし。

誰だったか男性の作家が書いた、

〈若いのにレーズンバターサンドなんかをさもありがたそうに手土産にもってくる女は、どこか信用ならない〉

このエッセイの一文を見たときには、あのときの彼女のことではないかと驚いたほどだ。

私は彼女に嫉妬していたのだ。

十四歳の時に着ていた服が、そのひとの人生を決めるかもしれない――デザイナーのヴィヴィアン・ウエストウッドは言った。

ならばあのときの彼女は、すでに黒を肌の一部のように着こなしてしまう玉だった。貿易商を営む父親の影響で、幼い頃から本物のファッションに触れてきたことが、彼女がデザインをはじめるきっかけになったという。

それは、地方の格安洋服店で一年中セール価格で売られている服を着ていた私には、逆立ちしても得られない洗練。それに、会社勤めをしている私と、ブランドを立ち上げて編集部にひとりでやってくる彼女とでは、覚悟も、それを支えるだけの努力も違っていただろう。

あれから十年以上経ち、彼女がどんな女性に成長しているかは知らない。けれど、黒を着るならこうでなくちゃと思う鮮やかな大人の姿も、私の記憶のなかにある。

友人とホテルで待ち合わせをしていたときのこと。先にロビーに着いていた私の目の前を、カラスと見紛うほどの漆黒が通り過ぎたかと思うと、羽を翻して戻り、大きな笑顔がぬっと目の前に現れた。

地方の豪家で生まれた友人は、実家の蔵から紋付きの喪服をもらってきて、ロングジャケットにリメイクしていた。そこに合わせたのはシャネルの同じく黒のワンピース。

あの朝、東京じゅう探しても彼女よりもおしゃれなひとはいなかっただろう。

代々受け継がれた家紋を、彼女は帯で締めつけずにスニーカーで歩くにまかせた。粋な女友達の目の前に座っていることがうれしくて、コーヒーを飲みながら私はドキドキしていた。

黒は喪の色だ。それが、一九二六年にココ・シャネルがリトルブラックドレスを発表したことで、洗練と解放の色へと姿を変えた。

百年後。東京では、蔵から出てきた喪服のなかに女性の肉体が入り、風に吹かれて街を歩いたとき、眠っていた黒は息を吹き返した。時を超える力が、黒にはある。

その力を知っているからこそ、私は黒に憧れ、恐れてきたように思う。

黒い服に袖を通して鏡の前に立つと、自分がくすんで見える気がして、もっと気楽に逃げこめる色（たとえば、紺やキャメル）を選んできた。着替えて鏡を見れば、なんとなくシュッとした女が立っている。でもその姿は、トレンドから外れたところにいるよりも、安物を着るよりも、もっと私がなりたくないと思ってきた〈退屈なひと〉だった。

そういう女を慰めるために、感じがいいだとか、顔映りがいいなんて表現はいくらでも用意されている。でも私は、そういう表現に逃げこみたくはなかった。服を着る感性の退化とさえ、思っていた。だからといって、どうして良いかも分からなかったのだけれど。


黒と仲良くなるきっかけを与えてくれたのは、バッグだ。

二番目の会社を辞めてしばらく経ったとき、新宿のデパートで真っ黒な一枚革のバッグを見つけた。いつも立ち寄る好きなブランドで、これまでもいくつかバッグを買っていたのだけれど、どれもデザインも色もこっちを見てと主張するバッグだった。

そのとき目に入ったバッグは、ブランドのロゴもうんと小さくて、革紐のアジャスターをゆるめれば十五インチのパソコンも横にして入るし、絞れば大きめのクラッチバッグのように抱えて持つこともできるとても実用的なものだった。

しばらくデパートをぐるぐる回って頭を冷やし、一時間後にはクレジットカードを握りしめて、再び同じ売り場に立っていた。頑張って働いてきたのだから、バッグぐらい好きなものを買えばいいじゃないという考えが、エスカレーターをのぼるときも降りるときも、頭のなかで鳴っていた。

これが、私が人生で初めて買った黒いバッグだった。

使い心地のよいバッグで、思い切って買ってよかったと毎日思う。二泊程度の旅行にも、少し荷物の多い通勤にも、ひんぱんに使う。ひとから見ればなんてことないプレーンなバッグ。家に帰り、カーペットに無造作にこのバッグを置けば、上質なつやを保ったまま、しなってへたり込む。自分だけが知っているその姿が、とても美しい。

思えば、なぜそれまで黒いバッグを買ったことがなかったのか。小柄な体には重すぎるような気もしたし、キャメルや白で少し抜けを作るのが好きだったからという気もする。

バッグを買って以来、黒が怖くなくなった。

〈ステラ・マッカートニー〉のスカートは、バーニーズで試着したとたん、ウエストからお尻にかけての輪郭が背景から浮き立った。こういう瞬間を味わうと、もう買うしかない。

渋谷パルコの〈コム・デ・ギャルソン ガール〉で見つけたレザーのハーネスは、トルソ

ーが着ているものを見て、

「これ、ください」

と即決した。洋服ともアクセサリーとも違う、難しいアイテムであることは分かっていたけれど、どうしてもこれが似合う大人でありたかった。

初めて会社に着けて行った日、同じチームのMさんは
「ジャンヌダルクみたい」

と小刻みに拍手し、それまで話したこともなかった女性社員は、すごく似合うというひと言を伝えるためだけに部屋を横断してやってきてくれた。コーヒーサーバーの前で隣り合った女性は、

「そういうおしゃれって、すごく大事」

と繰り返してうなずいていた。

彼女たちが賛同してくれたのが服そのものではなく、私の心持ちだったことが、うれしかった。

黒を着るようになると、黒を着ているひとに目がいく。

光を吸い込み、視線を吸い寄せる黒は、とんでもなく派手な色だ。黒い髪と黒い瞳をもった女が、黒をまとったときの強烈な華。それは、色に跳ね返されることのない自負が、そのひとにあるからだと思う。

黒が似合うひとに共通した肌色や骨格があるわけではない。黒は気持ちで着るのだ。ほかの色にはない力を、どうかまとえますようにという祈りを込めて。

長い年月を経て、ようやく私はレーズンバターサンドの彼女と和解できたのだ。


十三歳で親元を離れ修業に出た少女もまた、黒いワンピースを着ていた。角野栄子原作『魔女の宅急便』の主人公、キキだ。

母のコキリは、魔女修業に旅立つ娘にこう言う。昔から魔女の洋服の色はすべて黒の中の黒と決まっているの。それは変えられないの、と。

思春期の入り口に差し掛かったキキにとって、この粗末な服は大いに不満だ。しかし黒は職人としての魔女の矜持であり、才能を持って生まれてきてしまった母のプライドなのである。母の後継者である娘に、黒い服を脱ぐことは許されない。

映画版を担当した宮崎駿は、「ありのままの自分の姿で、自分の世界を見つけにいく」ための服として、この黒いワンピースを採用している。

ありのままの姿とは、意志そのものではないか。

黒はハートで着る。強い意志を持つということは、一見素晴らしい自立のようだけれど、それだけ多くの困難にぶつかる生でもあるだろう。

黒を支えるには、白の力が必要だ。それは、世界のどこかに落ちているお宝ではない。私は私らしく生きていくという道標は、自分のなかにしか見つけられない。物語終盤、キキは自分を支えてくれる〈あるもの〉をついに見つける。

私は、大人になったキキもきっと黒いワンピースを着ていると思う。そして少女時代を象徴する髪飾りをはずす代わりに、耳元に小さな真珠を想像する。黒い服を引き立て、肌になじませる役割を果たす小さな白い光。途端に、人生を気に入っているであろう、成熟したキキの姿が立ち現れる。

黒いドレスはもう決して粗末な布きれではなく、一番のお気に入りのユニフォームとして、キキの暮らしを彩るだろう。ヴィヴィアン・ウエストウッドの予言なんて、翻してしまえ。

子をもってからあらためて角野の原作を読むと、ひとりの人間の心の旅を描いたおおらかな視線に、心地よい風をただ漂うような、満たされた気持ちになる。

白にあたるものは、ひとそれぞれだろう。

私にとってそれは、あるときはアコヤ真珠。たとえば黒いタートルニットを着るとき、黒髪と黄色い肌と服の仲を取り持ち、私がどんな人間であるかを浮かび上がらせてくれるもの。

これから増えてくるであろう白髪さえも、ともに歳を重ね、黒を心地よくまとうための力になるだろう。

白は時間の流れそのもの――私にとっての答えは、今日のところは、そういうこと。元に戻せないもの。

愛しいもの。
いずれは自然に受け入れたいと、願ってやまないもの。

気働き

原宿から神宮前へと抜ける小さな商店街に、老舗の大福屋がある。

名物の豆大福を求めて、朝八時半の開店から客の列が絶えることはなく、昼前には売り切れてしまうことも多い。仕事柄、デザイナーやアパレル関係の事務所を訪ねることが多かったから、まとめて十個、二十個と、手土産を買いによく利用した。ほかの客もみな、それぞれの都合で、さまざまな個数の大福を買っていく。

それをさばく店員が、鮮やかである。五個ならいくら、八個ならいくら、二十個なら——言いよどむことなく計算し、客は待たされることなく、ずっしり沈む豆大福を手に、満足して帰っていく。

編集者時代に取材させてもらって分かったことだが、個数と価格の対応表が、レジのかげに貼ってあるだけのことなのだ。考えてみれば、ほとんどのひとが豆大福を求めてやってくるのだから、驚くようなことではない。長くひとつの商売を続けているひとの工夫というのは、贅肉を落としきって、見ているだけでおもしろい。

こちらは本当の暗算の達人。

近所のバス通り沿いに、家族経営の八百屋がある。ドアも壁も、あってないような、年がら年中むき出しの店で、レジらしいレジがない。レシートのようなものはあるにはあって、なにか数字を打ち込んではいるのだが、ちょっと複雑になるとそろばんを引っ張り出してくる以外は、ほとんど暗算で済ませている。

大根はすべて一五〇円かというとそうではなく、大きいのは一七〇円で小さいのは一二〇円だったり、幅がある。しかも、白菜ひと玉なんて使い切れないという客のためには、奥のほうで包丁ですぱんっと割って、値札を半額に貼り替えたりという作業を、会計と同時進行でやっているのである。

「だいこん、一七〇えーん」

「こまつな、一四〇えーん」

「ねぎ、九〇えーん」

点呼が終わった野菜から袋に詰め、最後にはしっかりお会計を提示する。お釣りの計算も、一切ぶれない。これはすごい芸だなといつも感心していたのだけれど、それを覆す事件が起きた。

消費税軽減税率の導入である。

ある日、店の真ん中にぴかぴかの白いレジがやってきて、雰囲気を一変させた。威勢のいいかけ声は消え、代わりに、ボタンを探して迷子になったひと差し指が、空中で円を描いている。増税前のはつらつとした店内の空気は一転、スタッフ全員がひと晩でかぼちゃにでもなってしまったような変わりようだ。

「もう、本当に苦手でねえ」

常連たちに詫びながらも、会計の列はちっとも短くならない。新型レジを導入してからしばらくは、会計やお釣りを間違える場面に何度か出くわした。

大事な部分を機械に譲らざるを得なくなったとき、磨いてきた能力というのは、後退していってしまうものだろうか。少なくとも、暗算をしていた頃の店員さんたちは、頭も体もいつもくるくる回転していて、どこかアスリートを思わせるような贅肉のなさが、動きにも、発言にもみなぎっていた。何人かそういうひとが働いているだけで、店というのは驚くほど清潔で整って見える。気の持ちようが、店を明るくする。

その商売ならではの気働きに出会うと、うれしくなる。

私と家族は、自宅近くの内科をかかりつけ医にしていて、やれ熱が出たやれ胃腸の調子が悪いといっては、一家でお世話になっている。小さな子どもがいる家は特にそうだと思うけれど、秋冬はシーズンに複数回お世話になることもある。

組織のトップを下のひとたちが好いているかどうかは、しばらく観察していれば分かる。

よく通う場所であれば、なおさら。内科の院長先生は、スタッフから信頼されていることが分かるし、私と夫も慕っている。目線の合わせ方、言葉の選び方、触れ方。そういったものが、品があってやさしい。

「先生が大丈夫って言うから、大丈夫だよ」

これは私の口癖。先生の存在そのものがすでに薬なのだ。

熱を出した子どもを連れて、朝一番に受診した日のこと。すでに六、七人の先客がいて、待合室は満員だった。

その時、腰の曲がったおばあちゃんが杖をついて入ってきた。興奮しているのか痴呆が進んでいるのか、看護師の言葉がすぐには理解できないようで、転んだとか、骨が折れているとか、とにかく痛い痛いと苦しそうにしている。

目立った外傷はなさそうだが、骨折の可能性があるなら内科ではなく、まず整形外科だ。

「歩けますか」

担当の看護師は、おばあちゃんの肩にそっと手を置いて、耳の後ろから声をかける。何度かやり取りをしてようやく、おばあちゃんは腰をあげて、ひとつ先の角にある整形外科を目指すということで話がまとまった。

ひとりで行けるだろうか。

体調不良の子どもと一緒でなければ、私が付き添いたかった。

奥の事務室からは、もたもたしている私に水をかけるような明瞭さで、先ほどの看護師の声が聞こえてくる。整形外科に電話をして、おばあちゃんの保険証のコピーを読み上げ、あと少しでそちらに着きますからと、引き継ぎの指示を出している。

「赤いチョッキを着ているおばあちゃん。そう、見えた？　ちょっと顔だして、合図してあげてくんない、ねえ」

この一連のやりとりを見ていて、なかなかできることではないなと思った。

電話が一本あるおかげで、あのおばあちゃんは再び初めから症状を説明する必要がなくなる。お待ちしてましたと誰かが迎えてくれたら、どんなに安心だろう。

いっぽうで、こうも考えられる。整形外科へはまっすぐ一本道なのだから、道に迷うことはないだろう。自院の患者の対応だけで手一杯なのだから、あとは知らんぷりというひとがいても、非難はできない。しかし、おばあちゃんが涙を浮かべて痛い痛いと言うのを見て、なにか役に立ちたいと思うこともまた、自然なことだ。

電話一本、するかしないか。こうしたほうがいいと心に浮かんだことを、横着しないで実行に移せるかどうか。職種はちがえども、こうした考え方はどの仕事にも通用するのではないだろうか。

電話の看護師はいつも、患者が入ってくると即、棚からカルテを探す体勢に入る。顔と名前が瞬時に一致するのだ。

私のことも、もちろん。誰と誰の母親で、誰の妻であるかを知っている。つまり、私からさまざまなおまけを取り除いた姿を知っているひとなのである。裸を見られるよりも、正しく知られている気がする。

その看護師も、整形外科に送り出したおばあちゃんに劣らず高齢だ。彼女がどのような経緯でこの医院で働くことになったのか。何年ここで働いて、どんな思いで患者と向き合ってきたのか。

年を重ねてなお、知恵を発揮する場所があること。そしてそれを、私のようなうんと若い者が見て敬意を抱いていること。それは私にとって、とても大きな希望なのである。

木陰の贈り物

東京に梅雨明け宣言が発表された日、長年の男友達から相談ごとを持ちかけられた。会社を辞めようか悩んでいるという。

私は彼の話をひと通り聞いてすぐ、

「辞めていいよ」

電話口で迷わず答えた。彼はじゅうぶん傷付いていたから、本当に病気になってしまうことだけは止めたかった。奥さんとお子さんの顔も思い浮かんだ。職場で味方になってくれそうなひとがいないことや、異動の可能性がないことを聞いたうえでの答えだったから、私の提案はしごくまっとうなものだと感じたけれど、彼曰く、ほかに相談した三人は口をそろえて辞めるなと言ったそうだ。「こんなご時世だ」「しがみつけ」とも。

三人がいずれも男性だったと聞いて、私はこうも考えた。彼はもしかしたら、帯状疱疹《たいじょうほうしん》や手の震えのことを三人には隠していたのではないか。男どうしのプライドというものが、悩みの全容までは話させなかったのではないか。利害関係のない、付き合いの長い気軽な私には、弱い部分をさらけ出しやすかったのかもしれない。

三人の男たちは、不調の全容を知らなかったがゆえに悩みを軽く見積もっていた。こう考えなければ、しがみつけと言う人間が三人もいることに納得できなかった。知ってて言ったならそれは、小さな殺人ではないか。電話のあとの数日間は、男や仕事や会社について、行き先なく考え込むことが増えた。

その日も、ぼんやり考えながら勤務先へ向かっていた。最高気温は三十六度の予報。とそのとき、男性たちが数人、木陰で休んでいる光景に出くわした。建築現場のひとたちで、十時の休憩のようだった。午前中だというのにとっくに暑くて、息をするだけで私は汗ばんでいた。

私が驚いたのは、彼らの姿の思いがけない涼しさだった。地べたに腰をおろして木陰に守られ、汗を拭いたさっぱりした顔で、冷たい飲み物をめいめい流し込んでいた。前髪に風を受けた表情はいかにも気持ちよさそうで、さっきまで冷房をきかせた部屋でせっせと化粧をしていた私のほうが、よほど暑さに顔を歪めていた。

ひとに話せば、「それで?」と言われる出来事かもしれない。でも私は、この風景を覚えておきたいと強く思った。

それから少し経った別の夕方、仕事で丸の内に出かけた私は、今度は高層ビルから団子になって出てきたスーツ姿の男性たちとすれ違った。私とは反対の方向へ進む彼らは一様に、一日熱せられたコンクリートの照り返しに口元を歪めていた。しばらく目で追っていると、何人かでカフェやバーに入っていき、そうこうしているうちに再びエレベーターのドアが開いて、次の男たちが掃き出されてきた。

たくさんの男性の姿に重なるようにして、木陰で見た彼らの姿が思い出され、次いで、相談を持ちかけてきた男友達の顔が浮かんだ。

たくさんの辞めていいない男たちを目の当たりにした私の頭の中にあったことは、じゃあ、なぜ私は「会社を辞めていい」とアドバイスできたのかということだった。それは、友達が電話を切る直前に言った、

「けいさんみたいに自信を持って辞めていいって言えるひと、珍しいよ。俺、びっくりした。辞めていいよって言われたら、なんか楽になった。ありがとう」

というセリフがずっと引っかかっていたからだ。

私は、彼の相談に応える体をとりながら、自分の答え合わせをしていたのだと思う。会社を辞めた自分の人生を、肯定したかったのだ。

私の娘は重度の障がいをもって生まれてきた。

そのことによって、妊娠中に温めていた理想の暮らしを仕切り直さなくてはならなくなった。譲りたい本や時計があることも、一緒にお酒を飲める日を楽しみにしていたことも、砕かれた。しかし、いま書いたことをすべて覆してしまうほど、初めての赤ちゃんの誕生は大

きな幸福だった。

仕切り直さなくてはならなかったものの筆頭は、長時間労働が恒常化した会社員生活だった。別部署への異動を願い出れば、きっと叶っただろう。でも私には、編集の仕事ができないなら出版社を辞めたいという一本槍なところがあった。

そのあと異業種に転職したが、リモートワークが推進されていて残業も一切ない代わりに、求められるノルマの壁は高く、長く続かなかった。

その頃にはもう、執筆である程度の収入を得られるようになっていたから、フリーランスの物書きとしてやっていくことも考えた。でも私はチームで働くことが好きだった。働くことの中に、精神の鍛練があると信じていて、生糸が練られて強くなるように、人と人の間で磨かれていく実感を手放すのは怖かった。

以前から働いてみたかった会社にメールを送ったのは、出版社を辞めた二年後。いちどお会いしましょうという運びになり、縁あって働くことになった。いまは週に三日の約束で、おもしろいことをいくつかさせてもらっている。週三日であれば、もし娘の通院に一日を費やしても、平日のどこかでリカバーできる。この見通しが立つことで、精神的にうんと楽になった。

会社のチームで働く以外は、こうして文章を書いたり、料理をする時間に充てている。必要だと思うぶんだけ働いたら、それ以上の仕事は請けない。

時間を削ってまで単価の安い仕事の数をこなしていると、心が擦り切れてしまう。目の前の仕事を請けることに疲弊して、壊れていくフリーランスを何人も見てきた。自由な時間を残しておくことは、子どもたちの未来への責任だと思う。だから、平日のスケジュールが真っ白でも怖くはない。風通しのいい、与えられた時間だと思える。

ここまで書くと、娘の誕生を機に戦略的に生きてきたように思われるかもしれないけれど、そうではない。広い野っぱらで、武器になりそうなものを探しながら、

「こっちかな」

「いや、違う。あっちだな」

拾い拾いしながら歩いてきた。やりたいこと、できること、私にしかできないことのどれかを、そして、できれば三つとも満たすものを、いつも探している。

武器を探したのは、ひとえに、やりたい仕事をやり続けたいという思いからだった。仕事をやめてしまったら、居場所がなくなる気がした。妻や母であることは、爪やまつ毛のように体にくっついているものだ。居場所とは違う。

私はあのときの男友達に、居場所を探すことを諦めてほしくなかった。

「そんな生き方、けいさんだからできるんだよ。俺には無理だよ」

彼はこうも言った。それでも、私は私が生きてきたようにしか、ひとに何かを伝えることはできない。

二〇二一年の夏、パラリンピックを夢中で観た。

選手の紹介には、いつどのようなきっかけで障がいを持つに至ったかという説明が添えられていた。十三歳の時に不慮の事故で手首から先を失ったフェンシング選手。先天的に目が見えない短距離ランナー。さまざまな人生が読みあげられるたびに、私は家事の手を止めて、選手たちの過酷（だったであろう）な宿命を思ってじっと聞いた。未来にあったはずのものを、失くしたひと。叶ったかもしれないものを、諦めたひと。きっとみんな、武器を探しただろう。それを磨いて、二度めの人生を歩き出すことを決意した日があったはずだ。

娘の主治医であるK先生から障がいの告知を受けた日、

「元気に生きているだけじゃだめですか、おかあさん」

先生に肩をさすられて初めて、私は自分が泣いていることに気がついた。もう片方の肩には夫の手が置かれていた。

そのときの先生はといえば、椅子に楽に腰かけて、電子カルテと私と娘を順繰りに見ながらにこにこっと笑っていた。

先生の笑顔が、木陰の男たちのイメージに重なる。涼しそうで、屈託がなくて、リラックスしたいくつもの顔が思い浮かぶ。

私が木陰の男性たちから目が離せなかったのは、息抜きや安息といったものの象徴が、目の前に突然示されたからだと、今はよく分かる。啓示と呼んだっていい。その啓示は、かつての私の人生に欠けていたものであり、娘の障がいをきっかけに与えられた贈り物である。

K先生の言葉も、私にとっての木陰に加わった。元気に生きてるだけで、だめなはずなんてない。ありっこない。この言葉の根幹にある温かい眼差しに、たまに寄りかからせてもらって、私は今日までできた。

これって二度めの人生だよねえ。ある日ふと、夫に言った。僕もそう思っていたと、夫が言った。今のほうが好きだなと私。僕もそうだなと夫。

ままならぬ生のところどころに、ぽとんと挟み込まれた、深呼吸の時間。夏になると私は、建築現場にあの光景を探す。もう顔は歪めない。私だけの木陰を、いくつも見つけてあるから。

泣いてちゃごはんに遅れるよ

幸せになれるものがあれば、なんでも知りたい。

占いでも神頼みでも、なんでも。そういう友達をたくさん知っているし、うんと若い頃は私もそうだった。

読めない恋愛というものが、昔から苦手だった。好きになったのがたまたま読めない相手だったのか、読めない相手だから惹かれたのか。三十を過ぎて結婚してからは、これでもう恋だの愛だのに振り回されなくて済むのだと、胸のつかえが取れたような気がした。

根っからのものぐさで、他力本願すら面倒に思うたちである。努力したぶんだけどこかで報われるところがある仕事と仲良くして、原稿を書いたり料理を作ったり、成果物を納めてお金をいただくほうが、よほど性に合っている。浮ついているようでいて、こと生計となると現実的なのだろう。

浅草は祈りの街である。

すべての苦悩を癒やす観音様が、この土地に長きに渡って安定した富をもたらした。

酉《とり》の市でおなじみの鷲《おおとり》神社には、「なでおかめ」と呼ばれる木彫りのお多福さんがいる。大きさは両腕を回しても抱えきれないくらい。一年のうちの限られた期間だけお顔をなでることができ、大勢のひとでにぎわう。

おかめとは、天宇津女命《アメノウズメノミコト》のこと。天の岩戸《いわと》神話のなかで、失った光を取り戻すため、高御産巣日神《タカミムスビノカミ》は神々を集め、祭祀と神遊を催した。その際に舞を舞い、岩に隠れてしまった天照大御神《アマテラスオオミカミ》を導き出したのが、天宇津女命だと言われている。

このおかめさん、なでることでたくさんのご利益があるという。

〈おでこをなでれば賢くなり
目をなでれば先見の明が効き
鼻をなでれば金運がつく
向かって右の頬をなでれば恋愛成就
左の頬をなでれば健康に
口をなでれば災いを防ぎ
あごから時計回りになでれば物事が丸く収まる〉

言いつけの通り、立派なお顔の右の頬を念入りになでたのは、三十を過ぎて少し経ってから。右頬は一番人気で、多くのひとの手で磨かれ、黒く光っていた。

それから半年ほど経って、私は夫に出会ってトントンと結婚してしまった。このことが友人の友人にまで評判となり、私の周りでは婚活中のおかめさん詣でがちょっとした流行りになった。

女は教えることに関しては気前がいい。甘い水を教える寛容さを備えた女から、同じく寛容さを備えた女へと情報のバトンが渡って、この手の流行というのは広まっていく。

何人かで一緒になでに行った男友達はその年の暮れ、不本意な離婚をしてしまった。おかめさんが肩を持ったのは、彼の奥さんのほうだったというのは、皮肉に考えすぎだろうか。

福が多いと書いて、お多福。幸せを招く女性の象徴とも言われ、縁起が良いその姿は酉の市の縁起熊手にも飾り付けられている。

ふっくら色白で、切れ長の目。どこかの誰かに似ていると、いちどは思ったことがあるのではないか。笑っているようにも、悟りきったようにも見える。いろんな女の顔を重ね合わせることができるという意味では、むしろ阿修羅かもしれない。

私は毎年酉の市で、おかめさんが付いた熊手を買う。それも、本当にささやかなものをひとつだけ。抱えきれないものを、家のなかに迎え入れたいとは思わない。小さく、まっとうに生きたい。

熊手屋に手締めをされて送り出された私の足は、〈並木藪蕎麦〉へ向かう。雷門を過ぎた二本先。燗酒と鴨南蛮を思うと、胃がぎゅっと熱くなる。待ちきれなくて小走り。熊手の稲穂が揺れる。

この店を知ったのは、池波正太郎の随筆だった。蕎麦屋は食事だけをするところだと思っていた私にとって、東京の初恋ともいえる場所である。

燗酒、焼き海苔、板わさ、鴨南蛮。

池波の後ろを歩くことで、私は東の酒の文化を叩き込んだ。最初はひと真似のかっこつけ。しかし、二十年以上暮らしてみてようやく、心からくつろげるようになった。いっぱしの客になった。

池波正太郎と、食べること以外の思いがけない接点を見つけたのは、五年ほど前のことだ。雷門へ向かうひとの流れに逆らって、江戸通りを北へ。スカイツリーを遠く右前方に追いかけながら歩いた小高い丘に、待乳山聖天《まつちやましょうてん》というお寺がある。

鎮座ましますのは、ガネーシャ神の力と、十一面観音菩薩の慈悲が一体化したといわれる仏様。本尊は完全秘仏である。

編集者時代に仏教の特集を手がけた際、専門家のかたに教えてもらったのが、この待乳山聖天だった。

「とにかくいちど行ってみて」

行けば分かるからと言われ、観光がてら地下鉄に乗って軽い気持ちでやってきた。そして、すっかり好きになってしまった。

境内には心身健康と家内安全の象徴である大根と、商売繁盛を願う巾着のモチーフがあちこちに。その凹凸の形状から、色っぽい別の意味を連想してしまうのは私だけではないだろう。

この聖天様、真摯に祈るひとには手を差しのべるが、そうでないひとには厳しいと言われている。ならば、道ならぬ願いでも、それを本気で思うなら門を叩いてみよというわけだ。いつか幸せが降ってくることを漠然と願う女よりも、どうしても叶えたいことがある女を、何人も知っている。あけっぴろげには言えない恋愛をしてきた、どのひとも、私の大事な友人である。互いの打ち明け話を、不謹慎にもおもしろがって聞いたり、背中をさすり合ったりして、人生の一時期を共有してきた。

あるとき、閉山時間を過ぎているにもかかわらず、いつもそうしているのだろう、施錠されていない門を慣れた手つきで開いて歩みを進め、熱心に祈る男のひとを見た。堂々とルール違反できるほど、何かを強く願えるひと。まぶしい。

たくさんの祈りが、あの場所にはある。人々の思いを受け止めてきたご慈悲と、張り詰めた空気の心地よさが、私を引きつけた。ときは二月。隅田川を吹き抜けた風が、隅田公園の梅の香りを運んできていた。

その待乳山聖天が池波正太郎生誕の地であるとは、なんと不思議なめぐり合わせだろう。池波は一九二三年、旧東京市浅草区聖天町に誕生した。その年の九月に関東大震災が起き、生家は焼けてしまったけれど、「隅田川と待乳山聖天は変わらずに心のふるさとである」と書きのこしている。

待乳山聖天の脇にある池波の石碑の前で、私はよく「これから並木藪に寄って帰ります」と、声には出さないものの、話しかける。先に蕎麦屋に寄らないのは、聖天様へのせめてもの心尽くし。

誰かの乾いた咳の音に振り向けば、池波が立っているような気がする。

もうひとり、この街に暮らしたひとがいる。

女優の沢村貞子は、狂言作者・竹芝伝蔵の次女として一九〇八年に浅草千束町に生まれ、二十二歳までを過ごした。女優になり、夫と過ごした食卓を長年にわたって記した『わたしの献立日記』は、今も読み継がれている。私も大好きな本だ。

浅草での暮らしぶりをまとめた随筆が出版されたのは、一九七六年、六十八歳のとき。タイトルは『私の浅草』。

私にこの本を薦めてくれたのは、年下の友人Yさんだった。

長く海外で暮らし、日本語が恋しくてたまらなかったYさんをなぐさめてくれたのは、美しい日本語と浅草の粋。そして、女の人生のままならなさを語りつつも、カラっとした下町の明るさだった。


十六の初島田に、衿の白粉。

献納された蠟燭で昼間のように明るくなった、大晦日の浅草寺。

色街のお姉さんたちの、赤い肌着。

子供の足の裏にすえるお仕置きの灸。

亡者送りの松明。


機微をすくいあげる記憶力と、眼の良さに驚く。匂い立つ色とそれを支える風習が、重厚な織物のように重なっている。

あの頃、女が女としての本領を発揮できるものが、暮らしのなかにしっかり根付いていた。しかしそれをうらやむのは違う。男からの、そして世間からの抑圧と、紙一重だったろう。

毎年五月の三社祭は、娘時代の沢村が一番たのしみにしていた行事だった。

その日は娘たちも髪を結いあげ、新しい下駄でおしゃれをさせてもらって、朝から胸を躍らせていた。

男衆の酒の用意の合間に、つい二階から神輿を見下ろそうものなら、女のくせに生意気だと叱られた。うっかり近づいて触れでもしたら、神輿が穢れてしまったと怒鳴られ、塩を取りに走らされた。

遠巻きに見つめるしかなかった神輿。祭りが終わったその夜から、一年後を心待ちにして生きる。それほどの力が、祭りにはあったのだ。

二十二歳で浅草を離れた沢村は、あるとき、三十年ぶりに三社祭を見た。

女性も神輿を担いでいるのを目にしたときの、言葉にできないほどの衝撃。

若い娘たちが白粉っけのない頬を上気させ、紅い唇をとんがらせて汗を流す姿をみて、

〈あ――、私もあんなこと、してみたかった〉

そう沢村は書いている。

制度としての女を余儀なくされていた沢村の時代に比べたら、私たちはうんと自由になっているはずだ。制度ならば、枠組みを崩すことができる。少しずつ進んでいるはずの、古い制度の解体は、本当に私たちをよりよい場所へと逃してくれているのだろうか。

私もあんなこと、してみたかった――こんな感慨を持って、娘たちの世代を見つめる日は、やってくるだろうか。

沢村が浅草の思い出を語るとき、物語に色を添えるのは、母マツである。

幼い頃、沢村が泣きそうになると、

〈女の子は泣いちゃいけないよ、なんでもじっと我慢しなけりゃ……〉

マツはこう言って娘をたしなめた。

どうしてと聞く娘に、

〈泣いていると、ご飯の支度がおそくなるからさ〉

このとき（大正八年）は全国的な不況で、たくさんの銀行が潰れた。夫が座敷でうずくまって一日じゅう泣くそばで、マツは台所でせっせと煮炊きをした。

マツが泣いたのは、夫を亡くしてから。時代がだいぶ良くなり、長生きをしていればもっと好きなものを食べさせてあげられたのにと、涙を流して悔しがった。


泣いちゃいけない。

同じ言葉を義理の母から言われたときのことを、私は思い出している。

私と夫の間に、ひとつの悲しみが起こった。娘の障がいについて義理の両親に報告することになった日、泣くまいと思ったが、だめだった。そんな私を見て、義理の母は、特に子どもの前では絶対に泣いてはいけないと、きつく叱ったのだった。

娘も息子も、うんと小さかった。泣いている母親を見て、不安に思わない子どもはいない。幼くたって、きっとなにかを感じていただろう。

いまの時代は、泣きたいときは泣きなさいと声をかけることが、正解に近いとされているように思う。

　でも私は、泣いていいと言うよりも、泣くなと言葉をかけるほうが、本当のような気がする。悲しみを肩代わりしてやることはできないと知っていてなお、それでも、心だけは受け止めてやろうと思う覚悟がなければ、泣くなとは言えない。これまで歩んできた年月よりも、これからその悲しみを抱えて歩く歳月のほうが長いのだから、涙に舵をとらせてはいけないのだ。

　教育者としてたくさんの女性を見てきた義母は、泣くことを着火剤にして私が坂を転がりかねない危うさをもっていることを、見抜いていたのではないか。

　出奔した父を思うとき、私は同じ血の流れていることが、ただ、怖い。いつか生活というものを放り出して、ふらりといなくなってしまうことを、私自身が一番恐れている。この感覚は、二十三歳の時、近所の坂道を歩いていた真昼に突然心に入り込んできた。以来ずっと、私はこの思いを抱えている。

　幸いと言おうか、結婚して子どもに恵まれ、ひとりの人生ではなくなった。マツと同じように、泣いてなんかいたらごはんの支度に間に合わないし、突然いなくなることなど、あるわけがない。

　掃除機をかけ、洗濯ものをたたんで、晩ごはんのおかずを考えながら、涙の塊をどろんと押し戻す。しかし、ああ、やっと引っ込んだと思った途端、またじわっと目尻から染み出してくる。涙は手強い。気をしっかりもっていないと、すぐに湿っぽいほうに流される。そんなことを何年か続けた。

子どもが転んだとき、親は手を差し伸べて膝をさすってやる。痛いの痛いの飛んでけをして、泣きたいだけ泣かせてやる。そうやって、感情が湧き起こり、発散し、やがて鎮まって涙が止まることを、子どもは学んでいく。そのうち、泣かないでも、心をしゃんと立たせることができるようになる。

いつか自分の子どもに泣くなというときが、私にもくるだろう。そのとき私は「泣かなかった」という、ただひとつを、ちゃんと見ていてあげたいと思う。

義母の前で泣いた日から、七年が経とうとしている。

泣かないでいたら、いつの間にか泣かなくなった。おかしな日本語だけれど、これが、私にとっては本当のことなのだ。

信仰というものを持たないまま来た。胸のひだに悲しみを染み込ませるようにして抱えていたら、あるとき、すうっと、心のつかえが取れるような瞬間があった。

それは、たとえば福岡伸一の本の中に、細胞、つまり生命のゆらぎの深い淵を見たとき。たとえば初めての街の、初めての道を歩き、不自由さと自由の両方を味わったとき。たとえば愛情はカステラのようにカットして配分するものではなく、愛するほどに湧いてくるのだとわかったとき。

自分がどんな世界を生きているか、はっきり知らないということが、恐れではなく光だと思えるようになった。だから、よく知りもしないものを憂いて、泣いてなんかやらない。同じ思いで立っている人がたくさんいることも、詩や音楽のなかに、そして、人と人との縁のなかに、見つけた。

今はなにかあるとすぐに助けを求めて、拡散できるところがあるように思う。その結果、思いがけない批判に出くわしたり、つけ込まれたりして、さらに深く傷付いてしまうことがあるのではないだろうか。

あるアパレルブランドが撤退を決めたとき、デザイナーを務める若い女性が、SNS上で会見と称した生配信をはじめた。ファンやスタッフへの感謝を述べる場のはずが、いつしか経営陣への批判に変わり、彼女の目から涙がこぼれた。男社会が敷いてきたレールの象徴であるスーツを着て、そんなことをしてなんになる。仕方がないじゃないか。

悔しかったろう。それなら、涙くらい、そんな大事なもの、ひとつ胸に抱えてはいられないだろうか。誰にも明け渡さないで、持っていたらいい。そうしたら必ず、自分のものになる。自分の言葉となって、いつか自分を守ってくれる。

私たちには、やらなければならないことが、まだまだたくさんあるんだから。

あとがき

この本の執筆中に、山梨に移り住むことを決めました。

家族でドライブに行ったとき、こんなところに住めたらいいねえと夢見ていた土地に家を見つけ、農地を買い、東京の家を手放すことになるとは、一年前には考えてもみなかった。

きっかけを作ったのは夫です。ある日、働いてみたい企業があると言い出したのです。

「それが、山梨の会社なんだけど……」

おずおずと間合いを詰めてきた夫に、私は「いいじゃない、行こう」と即答していました。

夫が抱えている、いつでも冒険していたい心をずっと知っていましたから、心構えはすでに半分できていたようなものです。私も一緒に、風に乗るように飛ばされていってしまおうと思ったのです。不時着ではなく、住処も、家族という仲間もある旅路。準備しなくてはならないことが山のようにあり、段取り好きな性分がうずうずしています。

この本を書くにあたって、編集者から提案されたキーワードは「やりくり」でした。

暮らしの工夫や段取りについて書くうちに、ままならない人生に都合をつけるための心の持ちようへと、筆がつながっていきました。それは、生きることをひと任せにしたくないという、私の、私に対する律儀さをあらためて自覚する作業でもありました。

『遠矢』の使用を許可してくださった京都市京セラ美術館、そして、著作権者の方に感謝します。

丹羽阿樹子という画家は、なんとおおらかで、泰然として、挑戦的な女性を、私たちの前に生み落としてくれたのでしょう。

矢を放ったあと、彼女はきっと目を細め、右膝についた草をぽんぽんっとはたいて草むらを歩き出すでしょう。カフェにコーヒーを飲みにいったり、夕飯のおかず用にスーパーに寄ったりして、暮らしに戻っていくでしょう。

古来、うんと遠くの敵を射るために用いられた「遠矢」という手技は、日常生活とはかけ離れたモチーフです。しかし私は、この絵に親しみと憧れの両方を感じます。彼女が見ているのは、未来です。それも、うんと大きな。

この絵のそばにいると、勇敢であることを恐れたくないと思えます。そしてそれは、花を愛でながらだって、春の陽だまりでおしゃべりをしながらだって、持ち続けることができる誇りだと思うのです。

二〇二一年十一月　東京の自宅にて　寿木けい

JASRAC 出 2109436-101

装丁　大島依提亜
装画　丹羽阿樹子『遠矢』（京都市美術館所蔵）

〈著者紹介〉
寿木けい（すずき・けい）
エッセイスト・料理家。富山県出身。大学卒業後、出版社に勤務。編集者として働きながら執筆活動をはじめる。趣味ではじめたTwitter「きょうの140字ごはん」の反響がきっかけとなり、2017年に『わたしのごちそう365　レシピとよぶほどのものでもない』を出版。他の著書に『閨と厨』『土を編む日々』などがある。
Twitter　@140words_recipe
https://www.keisuzuki.info

泣いてちゃごはんに遅れるよ
2021年12月15日　第1刷発行

著　者　寿木けい
発行人　見城 徹
編集人　菊地朱雅子
編集者　三宅花奈

発行所　株式会社 幻冬舎
〒151-0051 東京都渋谷区千駄ヶ谷4-9-7

電話：03（5411）6211（編集）
03（5411）6222（営業）
振替：00120-8-767643
印刷・製本所：図書印刷株式会社

検印廃止

ISBN978-4-344-03879-0 C0095
幻冬舎ホームページアドレス　https://www.gentosha.co.jp/

この本に関するご意見・ご感想をメールでお寄せいただく場合は、
comment@gentosha.co.jpまで。